TÂN AR Y COMIN

Tân ar y Comin

T. LLEW JONES

Gomer

Argraffiad Cyntaf 1975
Argraffiad Newydd 2015

ISBN 978 1 78562 085 0
ISBN 978 1 78562 086 7 (ePUB)
ISBN 978 1 78562 087 4 (Kindle)

Cyhoeddwyd gyda chymorth ariannol Cyngor Llyfrau Cymru.

Argraffwyd a rhwymwyd yng Nghymru gan
Wasg Gomer, Llandysul, Ceredigion SA44 4JL

Pennod 1

Eisteddai'r hen sipsi, Alff Boswel, ar siafft ei garafán, yn ceisio syllu drwy'r tywyllwch o'i flaen. Roedd y glaw yn disgyn yn ddidrugaredd ar ei wyneb, ac yn rhedeg dros ei war i lawr ei gefn o dan ei grys carpiog gan wneud iddo deimlo mor oer â thalp o rew. Fflachiodd mellten fforchog ar draws yr awyr gan oleuo'r wlad i gyd. Yn ei golau, gwelodd yn union o'i flaen, ar y chwith, hen fwthyn Glanrhyd. Sylweddolodd wedyn ei fod bron â chyrraedd y tir comin yn ymyl yr afon, lle gallai aros dros nos, heb gael ei boeni gan neb.

Roedd wedi bod y ffordd honno ugeiniau o weithiau yn ystod ei oes hir. Ar y darn comin wrth ymyl yr afon, roedd Sara, ei ferch, wedi marw ar enedigaeth plentyn. Dim ond dwy ar hugain oedd hi pan fuodd hi farw. Gan mai hi oedd ei unig ferch, a channwyll ei lygad, doedd yr hen Alff ddim wedi gallu maddau i'r Drefn am ei dwyn mor ifanc oddi wrtho.

Ar ôl colli Sara roedd yr hen ŵr wedi mynd yn greadur sarrug ac anghyfeillgar. Pan fyddai rhywun yn ceisio dweud gair caredig wrtho, fe fyddai'n siŵr o gael ateb cas, anghwrtais ganddo.

Ac o dipyn i beth fe gefnodd y sipsiwn eraill arno, gan ei adael yn llonydd i fynd ei ffordd ei hun.

Ond er bod Alff wedi chwerwi wedi marw ei ferch, roedd wedi magu'r baban yn dyner. Roedd e wedi bod yn dad ac yn fam i blentyn Sara – sef Tim – a oedd yn cysgu'n dawel y funud honno y tu mewn i'r garáfan. Fel roedd e unwaith yn meddwl y byd o'i ferch, roedd e nawr yn meddwl y byd o Tim, ei ŵyr pedair ar ddeg oed.

Roedd wedi'i weld yn tyfu'n fachgen cryf, er mai un bychan o'i oed oedd e, ac roedd wedi dysgu holl ddoethineb y sipsiwn iddo. Gallai Tim wneud basgedi o wiail glan-yr-afon bron cystal â'i dad-cu, ac fe allai osod magl ar lwybrau'r cwningod yn y coed a'r caeau. Ac fe allai farchogaeth ceffylau. Roedd hynny'n well na dim ganddo.

Roedd y gaseg yn llusgo'i thraed, ond doedd Alff ddim am roi'r chwip ar ei gwar. Roedd e'n gwybod yn iawn na ddylai hi ddim bod yn tynnu'r garafán o gwbwl, a hithau'n disgwyl ebol unrhyw funud. Dechreuodd feddwl am y gaseg. Roedd e wedi'i phrynu oddi wrth y dyn hwnnw yn nhafarn y Royal Oak yn Llanbedr Pont Steffan. Roedd e wedi meddwl llawer am y dyn hwnnw. Ai lleidr oedd e, wedi dwyn y gaseg? Pam roedd e wedi gadael iddi fynd am bris mor isel? Roedd y cwestiwn wedi poeni llawer ar Alff Boswel ar hyd y blynyddoedd. Sylweddolodd Alff pan welodd hi gyntaf erioed, ei bod hi'n werth o leiaf bedair gwaith mwy nag oedd y dyn wedi'i ofyn. Yna, roedd y dyn wedi dweud nad oedd e ddim am weld y creadur o gwmpas tre Llanbed byth wedyn. Ar y telerau hynny roedd e'n gadael i Alff ei chael, meddai. Roedd hynny wedi gwneud i Alff amau'n fwy fyth mai wedi dwyn y gaseg roedd y dyn. Meddyliodd yn hir cyn ei phrynu. A fyddai e'n dod i drwbwl gyda'r heddlu o fynd â hi?

Ond roedd hi wedi bod yn ormod o fargen i Alff ei gwrthod, ac roedd e wedi prynu'r gaseg.

Roedd wedi bwriadu ei gwerthu am broffid da dros ben yn ffair Caerfyrddin neu Lanymddyfri. Yn wir, roedd e wedi mynd cyn belled â ffair Aberhonddu un tro gyda'r bwriad o gael gwared ohoni fan honno – yn ddigon pell o Lanbed.

Ond doedd e ddim wedi gwerthu'r gaseg. Am bymtheng mlynedd roedd e wedi'i chadw, a doedd neb erioed wedi'i gyhuddo o'i dwyn na neb wedi dod i'w hawlio. Syrthiodd Alff mewn cariad â'r creadur, ac roedd Sara yn ei hanner addoli. Ac wedyn, wrth gwrs, roedd y bachgen wedi dod. Ac yn fwy na'i gariad ei hun, neu Sara, tuag at y gaseg, roedd cariad y bachgen a oedd yn cysgu'r funud honno yn y garafán.

Ond yn y diwedd, meddyliodd Alff, roedd hi wedi talu'n well iddo gadw'r gaseg na'i gwerthu, oherwydd roedd hi wedi magu deuddeg o ebolion braf a oedd wedi dod â phris da yn y ffeiriau bob tro.

Bellach roedd y gaseg wedi mynd yn hen; ac eto – fory neu'r diwrnod wedyn – byddai'n rhoi un ebol arall iddo, y trydydd ar ddeg.

Fflachiodd mellten felen arall ar draws yr awyr. Yn ei golau gwelodd Alff ei fod wedi gadael hen fwthyn Glanrhyd o'r tu ôl iddo, a'i fod nawr wedi cyrraedd y bont dros yr afon. Tu draw i'r bont fe allai roi gorffwys i'r hen gaseg – ar y comin lle roedd ei deulu wedi aros nawr ac yn y man ers dros gan mlynedd.

Uwch sŵn y gwynt a'r glaw, a sŵn yr olwynion, gallai glywed sŵn yr afon. Sylweddolodd wrth y berw gwyllt o dan y bont fod llif ynddi. Dechreuodd ofni. Weithiau, ar ôl glaw mawr, byddai'r afon yn codi dros y tir comin. Cofiodd fod carafán un o'r Lovells, flynyddoedd yn ôl, wedi cael ei symud gan y llif yn ystod y nos o'r comin i ganol y ffordd fawr! A oedd hi'n ddiogel i fynd lawr i'r comin wrth ymyl yr afon a'r fath lif ynddi? Wel, meddyliodd, doedd ganddo ddim dewis, oherwydd allai e na'r gaseg fynd gam ymhellach y noson honno.

Aeth y garafán dros y bont a throi i'r dde. Yng ngolau'r fellten nesaf gwelodd yr hen Alff y comin o'i flaen. Roedd yn wag, ac yntau'n teimlo'n falch nad oedd sipsiwn eraill wedi cyrraedd yno o'i flaen. Roedd yn well ganddo gael y comin iddo'i hunan na gorfod gwrando ar eu rhegfeydd a'u cweryla. Trodd hen y gaseg o'r ffordd fawr.

Bron cyn i sŵn bygythiol y daran ddistewi yn

y pellter, fflachiodd mellten arall ar draws yr awyr. Gwelodd Alff Boswel nad oedd llif yr afon wedi codi eto dros ddaear las y tir comin.

'Wo-ho!' meddai'n flinedig.

Stopiodd y gaseg ar unwaith, fel pe bai wedi bod yn disgwyl yn hir am y gorchymyn hwnnw.

Roedd esgyrn yr hen sipsi'n boenus trwyddyn nhw, a byddai wrth ei fodd yn gallu mynd y funud honno, trwy ddrws y garafán i'r cysgod y tu mewn iddi. Ond roedd e'n gwybod y byddai raid iddo dynnu'r gaseg yn rhydd o'r tresi cyn troi i'w wely. Byddai Alff wedi hoffi gallu rhoi bwcedaid o geirch iddi cyn ei gadael yn y glaw, ond byddai raid iddi fodloni ar flewyn glas o lawr y comin y noson honno.

Disgynnodd i'r llawr yn anystwyth a phoenus. Beth oedd yn bod arno? Roedd e'n hen, wrth gwrs. Ond roedd rhywbeth arall . . . y boen yn ei ochr oedd wedi bod yn ei flino ers amser bellach ac a oedd wedi gwaethygu'n ofnadwy yn ystod y misoedd diwethaf.

Yng nghanol y glaw a'r tywyllwch, aeth ati i dynnu'r gaseg yn rhydd. Rhoddodd ei law ar ei hochr a theimlodd gyffro'r bywyd newydd oedd y tu mewn iddi. Yna tynnodd ei law'n dyner dros ei thrwyn gwlyb. Gweryrodd hithau'n isel, a cherdded o'r siafftiau a dechrau pori'n awchus.

Safodd Alff am funud yn y glaw. O'r fan honno roedd sŵn yr afon yn uchel ac yn fygythiol.

Disgwyliodd am y fellten nesaf er mwyn iddo allu gweld ei ffordd i fyny eto i'r garafán. Cyn hir fe ddaeth y fellten, a diffodd mewn amrantiad. Ond roedd yr hen sipsi wedi gweld y grisiau. Dringodd i fyny'n araf. Agorodd y drws yn ofalus. Cripiodd i mewn yn ddistaw o'r storm a chau'r drws ar ei ôl. Doedd dim angen golau arno nawr. Aeth at ei wely'n ddiolchgar a gorwedd arno yn ei ddillad gwlyb.

Tynnodd anadl o ryddhad o gael gorwedd i lawr o afael y glaw a'r gwynt. Clustfeiniodd. Roedd Tim, yn y gwely arall, yn anadlu'n ddwfn ac yn rheolaidd. Roedd e'n cysgu'n drwm.

O, roedd yr hen sipsi wedi blino! Beth oedd yn bod arno? Unwaith eto gofynnodd y cwestiwn yna iddo'i hunan. Ers dyddiau bellach roedd ofn wedi cydio ynddo. Roedd e'n gwybod bod rhyw afiechyd mawr arno. Y tu mewn iddo yn rhywle roedd rhywbeth wedi mynd o'i le. A oedd ei amser wedi dod? A oedd e'n mynd i farw?

Ond doedd dim ofn marw arno, meddyliodd. A dweud y gwir, roedd cymaint o flinder yn ei gorff y funud honno fel y byddai'n dda ganddo gael y gorffwys hir sy'n dod gyda marwolaeth. Ond Tim! Beth fyddai'n digwydd i'r bachgen pe bai rhywbeth yn digwydd iddo fe?

Wedi gorwedd yno am dipyn fe deimlodd y gwres yn dechrau llifo'n ôl i'w gorff. Ond wedyn, dechreuodd rhyw gryndod gydio ynddo. Fe

dynnodd ddillad carpiog y gwely dros ei gorff.
Ond roedd e'n dal i grynu. Roedd y blinder mawr
fel rhyw boen hanner melys trwy'i gorff i gyd.
Ac eto allai e ddim mynd i gysgu. Clywodd sŵn
ffyrnig yr afon yn llifo heibio, a chredodd unwaith
iddo glywed y gaseg yn gweryru'n isel.

Aeth oriau heibio, a chiliodd y mellt a'r taranau,
ac eto roedd Alff Boswel ar ddi-hun. Erbyn hynny
roedd e'n gwybod bod ei amser wedi dod.

Pennod 2

Roedd hi'n fore pan ddihunodd Tim Boswel. Edrychodd at wely ei dad-cu. Roedd yr hen ŵr wedi tynnu'r dillad dros ei ben a dim ond ei wallt brith oedd yn y golwg, ond edrychai fel pe bai'n cysgu'n dawel.

Cododd Tim ac agor y drws. Daeth sŵn yr afon yn uchel i'w glustiau cyn gynted ag y rhoddodd ei ben allan. Ond roedd y glaw wedi cilio ac roedd yr haul yn ceisio dod i'r golwg o'r tu ôl i'r cymylau. Neidiodd oddi ar y grisiau i'r llawr. Yna safodd yn stond! Roedd yr hen gaseg yn pori ar lan yr afon ac yn ei hymyl – yn goesau i gyd – roedd yr ebol bach delaf a welodd yn ei fyw!

Neidiodd i fyny ar y siafft ac i mewn i'r garafán. Tynnodd y dillad oddi ar wyneb ei dad-cu er mwyn dweud y newydd da am yr ebol wrtho.

Edrychodd Tim ar ei wyneb. Roedd e'n llwyd a difywyd, fel clai oer. Sylweddolodd rywsut, unwaith, ei fod wedi marw, er nad oedd erioed wedi edrych ar gorff marw o'r blaen. Am amser eisteddodd ar wely ei dad-cu, yn edrych i lawr ar yr wyneb annwyl, yr wyneb a oedd nawr mor ddieithr ac wedi newid yn llwyr, bron. Roedd gan

Tim lwmp mawr, poenus yn ei wddf, a theimlai fel crio o waelod ei galon. Ond allai e ddim. Allai e ddim symud chwaith.

Ymhen tipyn dechreuodd feddwl beth oedd yn mynd i ddigwydd iddo nawr? Doedd ganddo neb i droi ato yn ei hiraeth. A beth oedd e'n mynd i'w wneud â chorff ei dad-cu? Roedd e wedi clywed yr hen ŵr yn sôn lawer gwaith am hen arfer y sipsiwn o losgi'r garafán pan fyddai'r perchennog farw. Ac roedd e ei hunan yn cofio amdanyn nhw'n llosgi carafán yr hen Amos Lovell, yr hen ddyn cloff hwnnw â'r farf ddu roedd y plant i gyd yn ei ofni. Cofiodd fel roedd y sipsiwn wedi gweiddi'n hapus gyda'i gilydd wrth weld y fflamau mawr yn dringo i'r awyr. A oedden nhw wedi llosgi corff Amos Lovell gyda'r garafán? Allai Tim ddim cofio. Ond rhaid eu bod hefyd, meddyliodd. A nawr, wrth feddwl felly, cofiodd am ei dad-cu'n dweud wrth ei hen gyfaill, Sol Burton, y byddai'n gadael gorchymyn pan fyddai farw fod y garafán i gael ei llosgi. Ond roedd blynyddoedd er hynny, ac roedd ei dad-cu wedi yfed glasied bach y noson honno.

Edrychodd Tim o gwmpas y garafán. Byddai, byddai raid ei llosgi, meddyliodd. Dyna oedd hen arfer y sipsiwn a dyna oedd dymuniad ei dad-cu. Roedd e'n gwybod, wrth gwrs, fod pobol yn mynd i'r nefoedd ar ôl marw. Roedd Amos Lovell, er mai hen ddyn cas oedd e, wedi mynd i'r nefoedd y noson honno pan losgwyd ei garafán. Roedd y mwg a'r fflamau wedi dringo i fyny i'r awyr, ac mewn rhyw ffordd ryfedd roedd ei ysbryd, neu ei enaid, wedi mynd i fyny hefyd – gyda'r mwg – i'r nefoedd. Ac felly y byddai ei dad-cu yn mynd i'r nefoedd, wrth losgi ei garafán.

Ond beth fyddai'n digwydd iddo fe wedyn? Roedd e wedi byw yn y garafán er dydd ei eni. Wedi i garafán Amos Lovell gael ei llosgi, roedd ei blant wedi adeiladu carafán newydd. Ond allai e ddim adeiladu carafán arall iddo'i hunan. Ysgydwodd Tim ei ben mewn penbleth.

Yna cododd ac aeth unwaith eto at y drws a'i agor. Roedd y gaseg yn pori'n dawel a'i hebol newydd yn ei hymyl. Roedd ei dad-cu wedi sôn llawer am yr ebol oedd ar fin cael ei eni – ac roedd yntau wedi marw cyn cael ei weld!

Yn sydyn dechreuodd grio fel baban.

Aeth awr heibio – neu ddwy – allai Tim ddim dweud yn iawn. Allai e ddim stopio crio ar ôl dechrau. Byddai rhyw atgof bach am ei dad-cu yn gwneud i'r dagrau gychwyn rhedeg o hyd. Allai e ddim meddwl yn glir chwaith, a doedd e ddim yn gwybod beth i'w wneud. Gwelodd rai teithwyr yn mynd heibio ar hyd y ffordd fawr, ond allai e ddim dweud wrth rheini am ei hiraeth a'i unigrwydd. Sipsi oedd e, a doedd sipsiwn ddim yn sôn am eu gofidiau wrth bobol a oedd yn byw mewn tai.

Allai e ddim aros yn y garafán chwaith, gan fod

corff ei dad-cu'n gorwedd yno. Ond nid ei dad-cu oedd e bellach, ond rhywbeth distaw, dieithr a doedd Tim ddim yn gallu edrych arno heb deimlo ofn.

Treuliodd awr neu ddwy yn gwylio'r ebol bach newydd yn ymarfer ei goesau hir. Roedd y creadur bach yn cryfhau bob awr, a chyn hanner dydd roedd e'n gallu symud o gwmpas yn dda. Weithiau byddai'n aros yn llonydd a'i ddwy goes flaen dipyn ar led i edrych ar ryfeddodau'r byd mawr lle roedd e wedi glanio mor sydyn ychydig oriau ynghynt.

Roedd hi'n hanner dydd pan ddechreuodd Tim deimlo eisiau bwyd. Aeth i mewn i'r garafán ac i'r cwpwrdd bach lle roedd ei dad-cu ac yntau'n cadw tipyn o fara, cig a chaws. Dim ond crystyn o fara sych a darn o gaws oedd ynddo. Byddai raid iddo brynu rhagor, meddyliodd. Ond allai e ddim gwneud hynny heb arian. Doedd ganddo'r un ddimai goch. Cofiodd fod arian ym mhoced ei dad-cu, ond allai e ddim meddwl am fynd trwy ddillad y corff distaw ar y gwely. Yna cofiodd am y basgedi gwiail. Roedd saith ohonyn nhw'n hongian wrth do'r garafán yn y gornel bellaf. Fe a'i dad-cu oedd wedi'u gwneud dri diwrnod ynghynt.

Tynnodd bedair ohonyn nhw i lawr. Roedd y gwiail plethedig yn edrych yn wyn ac yn newydd.

Penderfynodd fynd allan o gwmpas y ffermydd yn yr ardal i'w gwerthu er mwyn cael tipyn o arian i brynu rhywbeth i'w fwyta, neu efallai y byddai rhyw ffermwraig garedig yn rhoi tipyn o fwyd iddo; byddai hynny'n digwydd weithiau.

Aeth Tim allan o'r garafán a'r basgedi ar ei fraich. Clodd ddrws y garafán. Edrychodd unwaith ar y gaseg a'r ebol. Byddai raid iddo'u gadael, meddyliodd. Doedd e ddim yn poeni y byddai unrhyw beth yn digwydd iddyn nhw – byddai'r hen gaseg yn ddig iawn wrth unrhyw un fyddai'n mynd yn agos at yr ebol.

Yna cychwynnodd ar ei daith. Roedd e'n teimlo'n well am fod ganddo, nawr, rywbeth i'w wneud.

Gwerthodd fasged yn y tŷ cyntaf – i wraig grwn a golwg garedig arni. Rhoddodd y tri swllt a gafodd yn ddiogel yn ei boced. Yn nes i lawr yn y pentre daeth at y siop. Aeth i mewn.

Doedd neb yn y siop ond dyn tal â phen moel, a ffedog wen am ei ganol.

'Wel,' meddai, 'beth wyt ti eisie?'

Atebodd Tim ddim ar unwaith ei fod am brynu rhywbeth i'w fwyta. Roedd ei dad-cu wedi'i ddysgu i geisio gwerthu ei nwyddau ei hunan yn gyntaf bob amser.

'Y'ch chi am brynu'r basgedi 'ma i werthu yn y siop?' gofynnodd.

Chwarddodd y siopwr. 'Dim diolch,' meddai. 'A nawr os nad wyt ti am brynu rhywbeth – bant â ti. Dyw 'nghwsmeried i ddim yn hoffi gweld sipsiwn o gwmpas y siop 'ma.'

Cochodd Tim. Roedd e'n teimlo fel cerdded allan o'r siop ar ei sawdl, ond roedd yn rhaid iddo gael rhywbeth i'w fwyta.

'Rwy eisie torth, pownd o gaws a thun o gorn biff,' meddai.

Edrychodd y siopwr yn ddrwgdybus. 'Oes gen ti arian?'

Tynnodd Tim y tri swllt o'i boced a'u dal yn ei law agored i'r siopwr gael eu gweld.

Daeth hanner gwên dros wyneb y siopwr tal. Cofiodd yn sydyn am y dorth dri diwrnod oed a oedd ganddo o dan y cownter. Roedd e wedi credu'n siŵr y byddai raid iddo ei rhoi i'r ieir. Ond nawr fe allai ei gwerthu i'r sipsi. Tynnodd y dorth sych allan o dan y cownter a'i lapio mewn darn o bapur newydd.

'Pownd o gaws, ddwedest ti?' Aeth at y cosyn mawr ar gornel bella'r cownter a thorrodd ddarn ohono. Lapiodd hwnnw hefyd mewn dalen o bapur newydd. Yna rhoddodd e ar y dafol a'i bwyso.

'Mae'r darn yna owns a hanner dros y pownd,' meddai'r siopwr.

Pe bai e'n pwyso'r caws heb y papur, meddyliodd Tim, fyddai e ddim mwy na phownd! Ond ddywedodd e ddim gair yn uchel.

'Dou swllt a naw a dime,' meddai'r siopwr, ar ôl tynnu tun o gorn bîff i lawr o'r silff y tu ôl iddo.

Aeth Tim allan o'r siop a'r dorth, y caws a'r corn bîff yn un o'r basgedi a cherdded i lawr y ffordd.

Roedd e'n hoff iawn o gaws ac roedd meddwl am gael tipyn gyda darn o fara ffres yn tynnu dŵr o'i ddannedd. Aeth 'nôl i gyfeiriad y tir comin a'r garafán.

Ond wrth fynd gwelodd lôn gul yn arwain i'r chwith oddi ar y ffordd fawr. Aeth i lawr y lôn am dipyn nes dod at garreg wen fawr yn y clawdd. Eisteddodd ar y garreg a thynnu'r dorth, y caws a'r cig o'r fasged. Tynnodd gyllell o'i boced a thorri darn mawr o'r dorth. Gwelodd nawr ei bod yn hen dorth, a dechreuodd regi'r siopwr dan ei anadl. Ond roedd digon o eisiau bwyd arno, a chyn pen winc roedd e wrthi'n cnoi'r bara a chaws, ac yn cael y cyfan yn flasus iawn. Fe gadwodd y tun cig. Gallai fwyta tipyn o hwnnw i swper, meddyliodd.

Wrth fwyta, dechreuodd feddwl i ble roedd y lôn yma'n arwain. Allai e ddim cofio ei fod wedi bod ar ei hyd o'r blaen. Rhaid ei bod yn arwain i ryw fferm. Efallai y gallai werthu un arall o'i fasgedi yno.

Cododd ar ei draed, yn dal i gnoi'r darn olaf o'r bara a chaws, a dechrau cerdded i lawr y lôn.

Ar ôl y storm y noson cynt roedd dail yr hydref wedi cwympo ar hyd y lôn i gyd. Llusgodd Tim ei draed trwyddyn nhw a gwneud sŵn bach trist. Roedd e'n teimlo'n ddigalon iawn nawr eto. Pan oedd e'n teimlo'n newynog roedd ganddo rywbeth i feddwl amdano heblaw'r corff distaw yn y garafán. Ond nawr, ar ôl cael ei fol yn dynn, roedd yr hiraeth a'r unigrwydd wedi dod 'nôl.

Byddai raid llosgi'r garafán, meddyliodd eto – gan gicio pentwr o ddail o dan ei draed. Roedd ei dad-cu annwyl, a oedd wedi bod mor garedig tuag ato, yn haeddu cael mynd i'r nefoedd at yr hen Amos Lovell a'r sipsiwn eraill i gyd. Felly, yr unig beth i'w benderfynu nawr oedd pryd i losgi'r garafán.

Daeth at dro yn y lôn, ac o'i flaen gallai weld hen ffermdy mawr yn sefyll yng nghanol coed deri uchel. Roedd gât y clos ar agor ac aeth Tim drwyddi. Disgwyliodd bob munud glywed ci yn cyfarth arno, ond roedd pobman yn dawel fel y bedd. Safodd ar y clos am funud. Gallai glywed y gwynt yn cwyno yng nghanghennau hanner noeth y coed mawr. Ond doedd dim unrhyw sŵn arall.

Roedd y ffermdy'n wag.

Aeth Tim at y ffenest ac edrych i mewn. Dim llenni, dim dodrefn na hyd yn oed bictiwr ar y muriau.

Cerddodd o gwmpas y ffermdy gwag. Y tu ôl i'r tŷ gwelodd yr ydlan a'r sied wair. Roedd rheini'n wag hefyd. Yn ymyl yr ydlan roedd y berllan. Synnodd weld bod ugeiniau o afalau melyn a choch ar y coed yno, ac roedd mwy fyth ar lawr y berllan ar ôl y storm. Wrth edrych i'r chwith tua gwaelod y clos gallai weld adeiladau

19

eraill y fferm. Aeth i lawr tuag atyn nhw. Daeth at
ddrws a thwll crwn ynddo. Gwthiodd ei fys i'r twll
a chodi'r glicied bren tu mewn. Agorodd y drws ar
unwaith. Gwelodd ei fod yn y beudy. Ond doedd
dim buwch na dim arall ynddo. Wedyn daeth at
adeilad uwch na'r beudy. Roedd twll crwn yn
nrws hwnnw hefyd. Pan agorodd y drws cafodd ei
hun mewn sgubor lle roedd ychydig o wellt sych
ar lawr.

Roedd grisiau'n arwain o'r sgubor i fyny i
ryw fath o storws uwchben. Aeth i fyny'r grisiau.
Gwelodd lygoden fawr yn gwibio ar draws y llawr
i'w thwll yng nghornel pellaf y storws. Aeth ias
trwyddo. Roedd yn gas ganddo lygod mawr. Pan
ddaeth e allan o'r sgubor i'r awyr agored unwaith
eto, roedd wedi penderfynu beth roedd e'n mynd
i'w wneud.

Pennod 3

Drwy'r prynhawn hwnnw cerddodd Tim Boswel o gwmpas y tai a'r ffermydd yn ceisio gwerthu'r basgedi eraill. Ac yn wir, fe lwyddodd yn eithriadol y diwrnod hwnnw. Cyn amser te roedd e wedi cael gwared o'r olaf o'r pedair roedd e wedi'u cymryd o'r garafán, ac roedd ganddo naw swllt a dwy a dime yn ei boced.

Doedd Tim ddim yn gwybod bod gwragedd y tai a'r ffermydd wedi prynu ganddo am eu bod wedi gweld yr olwg drist ac ansicr ar ei wyneb brown.

Roedd e wedi gwerthu'r fasged olaf ddwy filltir bron o'r hen dir comin lle roedd y garafán, ond nawr trodd 'nôl tuag ati. Ond frysiodd e ddim chwaith. Doedd dim awydd arno fynd 'nôl o gwbwl. Roedd rhywbeth y tu mewn iddo'n dweud wrtho am fynd ymlaen ar hyd y ffordd – am gerdded a cherdded, nes byddai wedi blino, a nes i'r nos ei ddal. Cysgu wedyn mewn rhyw sied wair a symud ymlaen eto'r bore wedyn . . .

Ond gwthiodd y syniad o'i feddwl. Roedd rhaid iddo fynd 'nôl. Allai e ddim gadael ei dad-cu fel

21

yna. Allai e ddim gadael y gaseg a'r ebol newydd chwaith.

Curodd ei galon yn gyflymach pan ddaeth o'r diwedd i olwg yr hen gomin wrth ymyl yr afon. Roedd hi'n dechrau tywyllu erbyn hyn, ond gallai weld bod y gaseg a'r ebol a'r hen garafán yno o hyd. Cyflymodd ei gamau. Dringodd i'r garafán, a heb edrych ar y gwely, cydiodd mewn penwast oedd yn hongian wrth fachyn yn y to, ac aeth allan unwaith eto.

Aeth ymlaen at yr hen gaseg a'r penwast yn ei law. Gweryrodd honno'n isel a gadael ei phori. Closiodd yr ebol bach at ei fam. Rhoddodd Tim y penwast am ben lluniaidd yr hen gaseg. Wedi gosod y penwast yn ddiogel arweiniodd hi i'r ffordd fawr. Dilynodd yr ebol yn dynn wrth gynffon ei fam. Roedd hi'n tywyllu'n gyflym nawr, a Tim yn gweddïo yn ei galon na fyddai neb yn eu gweld nhw. Ond chafodd e mo'i ddymuniad serch hynny. Cyn iddyn nhw fynd ymhell fe glywodd sŵn traed, neu'n hytrach, sŵn dwy glocsen yn dod tuag atyn nhw. Aeth hen wraig a basged fawr ar ei braich heibio. Ond stopiodd i edrych ar eu holau wedi iddyn nhw ei phasio. Arhosodd fan honno nes oedd Tim a'r gaseg a'r ebol wedi mynd o'r golwg yn yr hanner tywyllwch. Yna, gan symud y fasged fawr i'w braich arall, aeth ymlaen eto.

Cyrhaeddodd Tim ben y lôn oedd yn arwain i'r ffermdy gwag heb gwrdd â neb arall ar y ffordd.

Byddai raid iddo gymryd mwy o bwyll nawr wrth fynd i lawr y lôn, rhag blino'r ebol bach a oedd yn dal yn sigledig ar ei goesau hir. Ond o'r diwedd fe ddaethon nhw i glos distaw'r fferm. Pan fuodd e yno'n gynharach y prynhawn hwnnw, roedd Tim wedi sylwi bod yna gae bach glas wrth ymyl yr ydlan, a bod bwlch yn arwain iddo o waelod y clos. Arweiniodd y gaseg trwy'r bwlch hwnnw i mewn i'r cae. Tynnodd y penwast oddi ar ei phen, yna safodd am funud hir a'i law ar ei thrwyn melfed, cynnes. Daeth y dagrau poeth i'w lygaid eto a theimlodd nhw'n rhedeg i lawr ei wyneb. Gadawodd iddyn nhw lifo. Yna trodd, ac wedi cau'r glwyd rydlyd, rhedodd i fyny'r lôn.

Roedd hi wedi tywyllu'n llwyr erbyn iddo gyrraedd 'nôl i'r comin, ond gallai weld bod awyr y dwyrain yn olau, a bod y lleuad yn codi.

Aeth i mewn i'r garafán dywyll a distaw. Roedd e'n crynu fel deilen. Nawr roedd e'n gwybod y byddai raid iddo gyffwrdd â chorff ei dad-cu. Roedd e am gynnau'r hen lamp a oedd yn crogi wrth y to, ac ym mhoced ei dad-cu roedd y matsys.

Plygodd Tim uwchben y gwely. Trwy lwc daeth o hyd i boced cot ei dad-cu ar unwaith. Gwthiodd ei law i mewn. Cyffyrddodd ei law â chyllell fawr ei dad-cu − honno â'r llafn hir, miniog oedd ganddo'n gwneud popeth bron − blingo cwningod, gwneud pegiau dillad, gwneud basgedi, torri bara . . . Tynnodd Tim y gyllell fawr o'r boced a'i rhoi yn ei boced ei hun. Yna tynnodd y bocs matsys allan. Cododd ar ei draed wedyn a thynnu matsien o'r bocs. Fe geisiodd ei thanio ar yr ymyl arw. Ond roedd y fatsien yn llaith ar ôl glaw'r noson cynt, a gwrthododd danio. Tynnodd fatsien arall o'r bocs. Fe fflachiodd honno unwaith neu ddwy, ond thaniodd hi ddim.

Roedd Tim yn crio eto. Roedd saith matsien wedi gwrthod tanio. Beth pe bai'r cyfan yn gwrthod?

Ond fe daniodd yr wythfed. Agorodd Tim gaead yr hen lamp a gwthio'r fatsien â llaw grynedig i mewn i gyffwrdd â'r pabwyr. Tynnodd anadl o ryddhad pan welodd y fflam yn cydio yn y pabwyr ac yn chwyddo'n sydyn.

Nawr roedd ganddo ddigon o olau. Tynnodd y tair blanced lwyd, garpiog oedd ganddo ar ei wely a dechrau'u rowlio i fyny'n frysiog. Tynnodd grochan bach, du allan o dan y bwrdd bach, a chymerodd y tegell alwminiwm (a oedd hefyd yn ddu) oddi ar y bwrdd. Gosododd y tegell yn y crochan. Wedyn cydiodd mewn ffreipan dun a gosod honno hefyd yn yr un man.

Aeth allan o'r garafán a'r blancedi dros ei ysgwyddau a'r crochan du ar ei fraich. Ond cyn mynd fe drodd y pabwyr yn y lamp fyglyd i lawr bron hyd yr eithaf. Tynnodd y drws ar ei ôl.

Ar ôl cyrraedd y ffordd fawr arhosodd Tim am funud i wrando a oedd rhywun yn dod. Doedd dim sŵn ond sŵn yr afon. Aeth wedyn yn frysiog ar hyd y ffordd drwy'r tywyllwch.

Pan gyrhaeddodd y fferm eto aeth at ddrws y sgubor a'i agor. Y tu mewn roedd hi mor dywyll â bol buwch. Cerddodd yn ofalus i'r cyfeiriad lle roedd e wedi gweld y gwellt sych pan fuodd yno o'r blaen. Yna teimlodd y gwellt o dan ei draed a chlywed ei sŵn wrth iddo lusgo'i draed trwyddo.

Gosododd ei grochan a'i flancedi ar y gwellt. Yna, heb ddim golau o gwbwl, penliniodd ar y llawr gan estyn ei freichiau o'i gwmpas i gasglu'r gwellt at ei gilydd. Ar ôl cael pentwr go lew, fe deimlodd am y blancedi a'u lledu gorau y gallai ar ben y gwellt. Wedyn gorweddodd i lawr arnyn nhw.

Roedd e wedi blino'n ofnadwy, er nad oedd wedi sylweddoli hynny cyn gorwedd. Rhoddodd ei ddwy fraich o dan ei ben.

Dechreuodd chwalu meddyliau eto.

Doedd hi ddim yn amser i wneud yr hyn roedd e wedi penderfynu ei wneud. Roedd gormod o bobol o gwmpas yr amser hynny o'r nos. Byddai raid iddo aros nes byddai wedi mynd yn hwyr, pan fyddai pobol yr ardal wedi mynd i'w tai neu i'w gwelyau.

Roedd rhyw ddistawrwydd mawr iawn o'i gwmpas ym mhob man. Doedd dim sŵn y gwynt i'w glywed o'r tu mewn i'r hen sgubor wag, hyd yn oed. Ond ymhen tipyn fe glywodd Tim sŵn bach,

bach yn dod o'r llofft uwch ei ben; sŵn traed bach yn rhedeg ar draws y llawr. Ac roedd e'n gwybod yn iawn mai un o'r llygod mawr oedd yno.

Dechreuodd feddwl pam roedd y fferm yn wag. Roedd wedi clywed ei dad-cu'n dweud ei bod hi'n amser gwael ar y ffermwyr gan fod y rhenti'n codi a phrisiau anifeiliaid yn dod i lawr. Ai wedi methu roedd y ffermwr a oedd yn arfer byw ar y fferm yma?

Ond pam nad oedd rhywun newydd yn dod iddi? Wel, meddyliodd, gallai feddwl am hynny eto. Efallai y byddai wedi symud ymlaen ymhell cyn hynny. Yna dechreuodd feddwl eto beth oedd yn mynd i ddigwydd iddo. Allai e ddim meddwl am y dyfodol heb ddechrau crio.

★ ★ ★

Rhaid bod Tim wedi cysgu wedyn, oherwydd yn sydyn allai e ddim cofio ble roedd e. Estynnodd ei law allan a chyffwrdd â'r gwellt sych. Yna cofiodd ei fod yn y sgubor, a bod ganddo waith i'w wneud cyn y bore. Beth oedd wedi'i ddihuno? Allai e ddim dyfalu, os nad y llygod mawr.

Cododd o'r gwellt ac aeth allan o'r sgubor. Roedd hi'n noson olau leuad braf, ond bod ambell gwmwl gwyn yn mynd dros wyneb y lleuad lawn nawr ac yn y man. Faint o'r gloch oedd hi, tybed?

Aeth i fyny'r lôn tua'r ffordd fawr.

Doedd yr un enaid byw o gwmpas pan gerddodd i lawr eto at y comin wrth lan yr afon. Rhaid ei bod yn hwyr iawn a phawb yn y gwely. Wel, gorau i gyd, meddyliodd.

Yng ngolau'r lleuad gallai Tim weld yr hen garafán annwyl yn sefyll yn unig a distaw ar y darn comin.

Dechreuodd y dagrau gronni yn ei lygaid eto wrth edrych arni. Roedd hi wedi cludo ei dad-cu ac yntau, trwy law a heulwen, o fan i fan am flynyddoedd maith. Rhoddodd ei droed am y tro olaf ar y grisiau a chamu i fyny at y drws, ei galon yn curo fel morthwyl. Ond roedd e'n gwybod beth roedd yn rhaid iddo ei wneud nawr. Roedd e wedi penderfynu, ac doedd dim troi'n ôl i fod. Gallai ei dad-cu fynd i'r nefoedd fel yr hen sipsiwn eraill – o ganol y mwg a'r tân.

Ar ôl mynd i mewn trwy'r drws unwaith eto, trodd Tim olau'r hen lamp i fyny, a chynyddodd y fflam y tu mewn i'r gwydr ar unwaith.

Taflodd lygad ofnus ar wely ei dad-cu. Roedd yr hen flanced lwyd, fawlyd yn ei guddio i gyd. Tynnodd Tim y flanced 'nôl. Roedd e wedi penderfynu cael un peth arall oddi ar gorff ei dad-cu – ei waled. Yn honno roedd yr hen ŵr yn cadw ei ychydig bethau personol, er nad oedd e – Tim – erioed wedi cael gweld y cyfan oedd ynddi.

Rhoddodd ei law y tu mewn i got lwyd, garpiog ei dad-cu. Cyffyrddodd ei fysedd â lledr

27

llyfn y waled. Tynnodd hi allan a'i gwthio i boced ei siaced ei hun.

Tynnodd y lamp i lawr oddi ar y bachyn yn y to. Trodd y fflam nes ei bod hi'n ddim ond rhimyn tenau, glas. Trodd sgriw'r caead bach ar yr olew. Wedi cael hwnnw'n rhydd arllwysodd yr olew drewllyd o'r lamp ar draws gwely ei dad-cu ac ar lawr y garafán. Tynnodd Tim y bocs matsys o'i boced. Gweddïodd fod un o'r rheini'n mynd i danio.

Yn rhyfedd iawn, fe daniodd y fatsien gyntaf a drawodd ar ymyl y bocs.

Gosododd y fflam fach wrth ddillad gwely'r hen ŵr, lle roedd e wedi arllwys yr olew, ac ar unwaith gwelodd fflam newydd yn neidio i'r awyr. Gwelodd ddarn o hen bapur dyddiol yn y gornel o dan y bwrdd bach, a rhoddodd fflam y fatsien wrth hwnnw hefyd. Fflamiodd y papur ar unwaith. Ond erbyn hynny roedd dillad y gwely'n fflamio hefyd ac roedd arogl drwg y flanced yn llosgi yn llond ei ffroenau.

Aeth Tim allan o'r garafán. Gadawodd y drws ar agor y tro hwn er mwyn i wynt y nos allu mynd trwyddo i chwythu'r tân.

Gadawodd y bachgen ifanc y comin wedyn, a cherdded ar hyd y ffordd fawr nes cyrraedd y bont. Arhosodd ar y bont gan anadlu'n gyflym, a chrio'n ddistaw yr un pryd.

Arhosodd yno'n hir gan gadw llygad ar y darn

comin. A oedd y tân wedi cael gafael? Neu a oedd wedi diffodd?

Gwelodd dafod o dân yn neidio i'r awyr. Roedd y to wedi llosgi drwyddo! Cyn pen winc roedd y comin yn olau i gyd gan y fflamau mawr a neidiai i'r awyr. O, roedd yr hen garafán yn llosgi'n dda! Yn well na charafán Amos Lovell. Ond wedyn, roedd ei dad-cu'n llawer gwell dyn nag Amos Lovell.

A nawr doedd ei dad-cu'n ddim ond swp o glai oer yn y garafán – na – roedd e wedi mynd gyda'r fflamau mawr a'r mwg . . . i fyny . . . i'r nefoedd! I'r nefoedd i gwrdd â'i hen ffrindiau – Sol Burton, Amos Lovell, Abram Wood, Gideon Lee a'r lleill.

Fe geisiodd Tim ddyfalu sut le oedd y nefoedd. Doedd neb yno ond sipsiwn. Rhaid mai i nefoedd arall roedd pobol y tai yn cael mynd, oherwydd doedden nhw ddim yn cael eu llosgi gyda'u cartrefi. Ac yn nefoedd y sipsiwn doedd yr un plisman na'r un ciper, na phobol gyfoethog yn hawlio'r tir hela i gyd. Rhaid bod llawer o ffeiriau yn y nefoedd hefyd. Beth fyddai'r sipsiwn yn ei wneud heb ffeiriau? A digon o geffylau, wrth gwrs, a chwningod a sgwarnogod a ffesantod, a llond afonydd o bysgod hawdd eu dal.

Fe gododd Tim ei galon ychydig bach wrth feddwl fel hyn. Roedd e'n teimlo'n siŵr nawr y byddai ei dad-cu'n hapus mewn lle felly. Am foment fe deimlodd hiraeth am gael mynd yno gydag e. Ond sylweddolodd wedyn bod rhaid marw cyn cael mynd i'r nefoedd.

Cododd cwmwl sydyn o wreichion a thân o'r garafán, ac yna dechreuodd y tân ddiffodd yn araf.

Trodd Tim oddi wrth y bont a cherdded i ffwrdd. Roedd e wedi ffarwelio am byth â'i dad-cu a'r bywyd roedd y ddau wedi'i dreulio yn yr hen garafán. Aeth i lawr y lôn at y ffermdy gwag.

Pennod 4

Roedd Tim allan o'r sgubor yn gynnar y bore
wedyn. Doedd e ddim wedi llwyddo i
gysgu llawer ar ôl dod 'nôl o fod yn llosgi'r
garafán. Roedd y sgubor yn ddieithr a'i wely'n fwy
anesmwyth na'r un oedd ganddo yn y garafán; ac
fe fuodd ar ddi-hun yn troi a throsi ar y gwellt
am amser hir. Ond roedd wedi cysgu ychydig cyn
i'r wawr dorri, a phan ddihunodd y peth cyntaf a
deimlodd oedd eisiau bwyd. Roedd e'n dyheu am
gwpanaid o de cynnes, ond yn gwybod yn iawn
y byddai raid iddo fod hebddo, oherwydd allai e
ddim mentro cynnau tân, rhag ofn i rywrai a oedd
yn gwybod bod y fferm yn wag weld y mwg a dod
i edrych beth oedd yn bod.

Yng ngwaelod y clos roedd pistyll dŵr glân yn
rhedeg i gafn cerrig, mawr. Aeth i lawr yno a'r
tegell alwminiwm gydag e. Daliodd yr hen degell
dan y pistyll nes oedd hwnnw bron yn llawn. Yna
aeth 'nôl i'r sgubor. Agorodd y tun corn bîff, a gyda
chyllell fawr ei dad-cu torrodd ddarn o'r dorth a
dechrau bwyta'n awchus. Os oedd y dorth yn sych
y diwrnod cynt roedd hi'n waeth fyth nawr, ac

unwaith eto rhegodd Tim y siopwr dan ei anadl. Ond roedd y cig yn flasus ac roedd eisiau bwyd arno. Bob nawr ac yn y man byddai'n yfed dŵr glân trwy big y tegell.

Ar ôl cael ei frecwast aeth allan o'r sgubor ac i lawr i'r cae bach at y gaseg a'r ebol. Roedd yr hen gaseg yn teimlo'n fywiog y bore hwnnw. Gweryrodd yn uchel a daeth ato ar drot. Gwenodd Tim wrth ei gweld yn trotian fel ceffyl sioe a'i gwddf fel bwa. Roedd bywyd yn yr hen greadures o hyd, meddyliodd. Oni bai am yr ebol fe allai neidio ar ei chefn y funud honno a mynd . . . ond mynd i ble?

Roedd e wedi gadael y penwast ar bost y glwyd y noson cynt. Dim ond ei roi am ei phen oedd eisiau ac fe fyddai hi ac yntau ymhell cyn nos y diwrnod hwnnw. Ond wedyn edrychodd ar yr ebol bach, coesog. Roedd e wedi dod yn araf tuag at Tim ond nawr safai yn edrych yn syn arno, a rhyw olwg ddiniwed iawn arno. O, roedd e'n ebol tlws, meddyliodd Tim. Roedd e'r un ffunud â'i fam, neu o leiaf fe fyddai'r un ffunud â hi ar ôl tyfu, meddyliodd wedyn. Roedd yr hen ŵr wedi meddwl llawer am yr ebol yma – mwy na'r un o'r lleill am ryw reswm, a theimlai Tim y byddai'n falch iawn ohono pe bai wedi cael byw i'w weld.

Aeth â'r hen gaseg allan drwy'r glwyd ac at y cafn dŵr. Wrth i'r gaseg yfed a'r ebol sugno'i fam, eisteddodd Tim ar ymyl y cafn mawr.

Tynnodd waled ei dad-cu o'i boced. Daliodd hi am funud yn ei law. Roedd hi'n weddol drwm. Roedd hi'n eithaf llawn hefyd a'i lledr wedi treulio'n loyw.

Agorodd hi wedyn. Y peth cyntaf a welodd y tu mewn iddi oedd amlen wedi'i phlygu yn ei hanner. Roedd hi wedi'i selio hefyd. Doedd yr un cyfeiriad na dim arni. Rhoddodd Tim yr amlen 'nôl yn y waled. Beth arall oedd ynddi? Tynnodd allan hen lun wedi pylu a melynu gan henaint. Roedd e wedi gweld hwn o'r blaen – llun merch ifanc a dau lygad gloyw a dannedd gwyn, llyfn. Llun ei fam oedd e. Ar ambell noson, a'r garafán wedi aros ar ryw gomin neu'i gilydd, byddai'r hen ŵr yn tynnu'r llun o'r waled, a byddai e a Tim yn edrych arno bob yn ail, a'i dad-cu'n adrodd hancsion am ei fam pan oedd hi'n ferch fach.

Unwaith roedd Tim wedi gofyn i'w dad-cu beth oedd wedi digwydd i'w dad. Ond roedd yr hen ŵr wedi gwgu a rhegi a rhoi'r llun o'r golwg yn syth. Doedd Tim erioed wedi gofyn wedyn. Rhoddodd y llun 'nôl yn y waled.

Ar ôl i'r gaseg gael digon i'w yfed gadawodd y cafn a mynd 'nôl trwy'r glwyd agored i'r cae bach lle roedd hi a'r ebol wedi bod drwy'r nos.

Tynnodd Tim fachau pysgota a phlwm o'r waled, yna llathenni o gyt. Fe fyddai'r rheini'n ddefnyddiol iddo eto, meddyliodd, ond doedd ganddo ddim diddordeb ynddyn nhw'r eiliad honno. Yna tynnodd dair sofren felen a dwy hanner sofren o'r waled.

Wedyn cyffyrddodd ei fysedd â rhywbeth crwn yng ngwaelod y waled. Agorodd ei lygaid led y pen pan welodd beth oedd e. Wats! Un fach oedd hi – un merch – ac roedd hi'n felyn fel sofren, ac yn loyw fel pe bai newydd ddod o'r siop. Doedd ei dad-cu erioed wedi dangos y wats yma iddo. Pwy oedd piau hi? Rhaid mai wats ei fam oedd hi. Neu ei fam-gu? Trodd hi drosodd ar ei law, ac ar ei chefn darllenodd – 'Oddi wrth W.P. i S.B.'.

S.B oedd ei fam – Sara Boswel. Ond pwy oedd W.P.?

Weindiodd Tim y wats fach, brydferth dro neu ddau. Yna rhoddodd hi wrth ei glust. Roedd hi'n cerdded, yn ddistaw bach, bach. Yna clywodd sŵn car yn dod i lawr y lôn am y fferm. Caeodd y waled ar unwaith a'i gwthio i'w boced. Pwy oedd yn dod? Rhedodd nerth ei draed 'nôl i'r sgubor lle roedd e wedi cysgu'r noson cynt. Ar ôl mynd i mewn a chau'r drws, fe aeth i fyny i'r llofft uwchben. O'r fan honno, gallai edrych allan trwy ffenest gul ddi-wydr, a gweld y tŷ a'r clos i gyd.

Gwelodd drwyn y car yn dod i'r golwg. Ar ddrws y car mewn llythrennau bras roedd y geiriau 'Hutton's Seeds Grow Best'. Un dyn oedd yn y car, a sylweddolodd Tim mai trafaeliwr oedd e – dieithryn oedd ddim yn gwybod bod y ffermdy'n wag. Stopiodd y car ar ganol y clos, a daeth y gyrrwr allan a cherdded at y tŷ. Clywodd Tim e'n curo'n uchel ar y drws. Yna clywodd e'n peswch. Edrychodd y dyn o'i gwrnpas. Rhaid ei fod wedi dechrau sylweddoli bod y lle'n wag. Aeth at y ffenest ac edrych i mewn. Trodd 'nôl at ei gar wedyn. Ond cyn agor y drws fe drodd ei ben i edrych i gyfeiriad gwaelod y clos. Gwelodd y gaseg a'r ebol yn pori yn y cae o dan y tŷ. Aeth i lawr at fwlch y cae. Safodd yno am funud yn pwyso ar y glwyd ac yn gwylio'r gaseg a'r ebol.

Yna aeth y gŵr i fyny at y car unwaith eto. Y tro hwn aeth i mewn iddo a thanio'r injan. Yna gyrrodd y car yn gyflym i fyny'r lôn.

Tynnodd Tim anadl o ryddhad. Roedd ymweliad y trafaeliwr wedi gwneud iddo sylweddoli un peth ar unwaith. Doedd e ddim yn ddiogel yn y lle yma, er nad oedd neb yn byw ynddo. Fe allai rhywun ddod o hyd iddo unrhyw funud. Byddai raid iddo wneud gwell trefniadau na'r rhai oedd ganddo – a hynny ar unwaith. Y gaseg a'r ebol oedd yn fwyaf tebyg o ddal llygad rhywun wrth ddod i lawr y lôn am y tŷ, felly byddai raid iddo'u symud o'r cae bach o dan y tŷ i rywle arall.

Daeth allan o'r sgubor i'r clos eto.

Roedd y ffermdy gwag yn sefyll ar lethr uwchben dyffryn cul, coediog, ac yn y distawrwydd gallai Tim glywed sŵn nant neu afon fach yn parablu ymhell odano. Pe bai yna le bach dirgel i lawr yng ngwaelod y dyffryn lle gallai'r gaseg a'r ebol bori, fe allen nhw fod yno am amser hir heb i neb eu gweld.

Rhedodd Tim i lawr dros y llethr tuag at y coed a'r afon. Gwelodd y dŵr ymhen tipyn, yn sgleinio rhwng y coed. Nant fach oedd hon, a allai fod yn llifo i mewn i'r afon a oedd yn rhedeg gydag ymyl y comin. Ar ôl cerdded gydag ymyl y nant am dipyn, fe ddaeth at fan agored yng nghanol y coed, lle roedd porfa las, hyfryd yn tyfu. Doedd y fan honno ddim yn y golwg o unrhyw gyfeiriad, meddyliodd. Dyma le diogel i'r gaseg a'r ebol.

Aeth yn ôl wedyn i fyny'r llethr tua'r ffermdy. Yn ara bach, rhag ofn i'r ebol flino neu gael niwed, aeth ag e a'r gaseg i lawr i waelod y cwm. Wedi gweld y gaseg yn dechrau pori'r borfa flasus yn ymyl y nant, aeth 'nôl unwaith eto i'r clos. Nawr roedd rhaid iddo feddwl am rywle diogel iddo fe'i hunan. Roedd e'n gwybod nad oedd y sgubor yn ddiogel — gallai unrhyw un ddod unrhyw funud a'i weld yno. Ond ble arall oedd yna? Cerddodd o gwmpas y tai allan i gyd. Edrychodd yn nhwlc y moch, ond roedd arogl drwg yno, a phenderfynodd na fyddai'n gallu gwneud ei gartref dros dro fan honno. Yna gwelodd ddrws bach yn y wal o dan y grisiau a oedd yn arwain i'r storws uwchben y stablau. Agorodd y drws. Roedd hi'n dywyll y tu mewn, ond wedi tanio matsien, fe welodd ryw fath o gwt hir, isel. Er nad oedd Tim wedi sylweddoli hynny, roedd yn edrych i mewn i gwt yr hwyaid.

Gwelodd fod y lle'n ddigon glân ar y cyfan. Dyma'r lle, meddyliodd!

Aeth wedyn i'r sgubor i gasglu gwellt glân i'w roi ar lawr y cwt hwyaid. Ar ôl cael digon o'r gwellt i mewn iddo, ac ar ôl symud popeth arall oedd ganddo o'r sgubor, fe aeth e ei hunan i mewn i'r cwt a chau'r drws. Gorweddodd yn y gwellt yn y tywyllwch a theimlodd yn fwy diogel nag y teimlodd er pan fuodd ei dad-cu farw.

Yn y prynhawn aeth i lawr eto i lan yr afon fach yng ngwaelod y cwm. Wedi sylwi, gwelodd fod pysgod ynddi, ac am awr neu ddwy ceisiodd ddal brithyll â'i ddwylo. Wedyn fe ddechreuodd fwrw glaw mân, a dringodd y llethr unwaith eto i chwilio am gysgod.

Pan ddaeth yn ei ôl i'r clos eto fe glywodd sŵn a wnaeth iddo gilio ar unwaith tua'r cwt hwyaid.

Pennod 5

Roedd fan ddodrefn fawr yn teithio bwmp-bwmp ar hyd y lôn gul a oedd yn arwain at hen ffermdy unig Dôl Nant. Ar ochrau uchel y fan roedd 'Padeford's Removals' wedi'i sgrifennu mewn llythrennau anferth o fawr.

Roedd hi'n bwrw glaw mân, diflas ac edrychai pobman yn wlyb ac yn anghysurus, a braidd yn ddigalon. Roedd gyrrwr y fan ddodrefn o'i gof. Nid yn unig roedd y lôn yn gul ac yn arw, ond roedd y coed cyll uwchben yn crafu to ac ochrau'r fan nawr ac yn y man, ac yn bygwth gwneud niwed i'r paent. Os byddai hynny'n digwydd, roedd e'n gwybod y byddai raid rhoi cyfrif i'w bennaeth ar ôl mynd 'nôl i'r depot. Ond roedd y gyrrwr o'i gof am reswm arall hefyd – roedd e'n gwybod beth oedd yn ei ddisgwyl ar waelod y lôn. Fe fyddai raid iddo e a'i gyfaill gario dodrefn trwm i fyny rhyw risiau hen ffasiwn a throellog, a byddai raid gofalu na fyddai'r un dodrefnyn yn cael niwed neu byddai'r perchnogion yn ei feio e ac yn bygwth achwyn wrth ei feistri. Meddyliodd mor braf oedd hi ar yrrwr bws neu yrrwr lorri wartheg. O leiaf fe allai buwch gerdded ar ei thraed ei hunan i mewn ac allan o'r lorri. Ond am ddodrefn – roedd rhaid cario'r rheini i bob man.

Yn y car Morris Oxford oedd yn dilyn y fan roedd Tom a Meri Ifans a'u dau blentyn – Megan, pedair ar ddeg, a Gwilym, deg oed. Roedden nhw ar eu ffordd i'w cartref newydd ac roedd meddyliau gwahanol yn mynd trwy ben pob un ohonyn nhw.

Gwgu ar y cloddiau gwlyb roedd Megan, ac yn ei chalon roedd hi'n teimlo'n drist iawn. Hi oedd fwyaf yn erbyn i'w thad brynu fferm. 'Sut allwch chi,' meddai hi wrtho, pan ddywedodd wrthi'r tro cyntaf, 'feddwl claddu eich hunan ym mherfeddion y wlad? Fydda i ddim yn dod gyda chi!' Dyna roedd hi wedi'i ddweud ar y pryd; ond dyma hi wedi dod gyda nhw i'r wlad wedi'r cyfan! Ond roedd hi wedi dal i ymladd a dadlau â'i thad hyd y diwedd, bron. Roedd hi'n benderfynol na allai hi ddim gadael Abertawe a'i ffrindiau ysgol i gyd. Ond wedyn roedd ei thad wedi dod i mewn i'w stafell wely un noson a dweud wrthi pam roedd e wedi prynu fferm, a pham roedd y teulu'n symud i'r wlad – a pham roedd rhaid iddi hithau fynd gyda nhw.

Roedd ei thad wedi eistedd ar droed y gwely ac wedi siarad yn dawel.

'Wyt ti'n gweld, Megan, 'y nghariad i, mae Doctor Sinclair wedi dweud na all dy fam ddim byw rhagor ym mwg Abertawe, neu bydd ei hiechyd yn siŵr o waethygu. Fe ddwedodd fwy.

Fe ddwedodd os oedden ni am ei chadw hi'n fyw, y byddai raid i ni fynd â hi i awyr iach y wlad.'

Cofiodd Megan iddi godi ar ei heistedd yn y gwely ac edrych yn syn ar ei thad. Roedd hi'n gwybod, wrth gwrs, fod iechyd ei mam yn ddigon bregus, a'i bod hi'n peswch tipyn, yn enwedig bob gaeaf, ond doedd Megan ddim wedi meddwl bod dim niwed arni nes i'w thad ddweud wrthi'r noson honno. Y teimlad cyntaf a ddaeth drosti oedd teimlad o gywilydd. Gallai gofio'r funud honno am y nifer o weithiau y cwynodd wedi i'w mam anghofio gwneud rhywbeth neu'i gilydd. Cofiodd amdani'n achwyn droeon am nad oedd ei bwyd hi'n barod, neu ddim wrth ei bodd. A thrwy'r amser roedd ei mam wedi bod yn wael ei hiechyd – yn ddigon gwael i'r doctor ddweud bod rhaid iddi fynd i fyw i'r wlad.

Cofiodd Megan i'r dagrau ddechrau powlio o'i llygaid, a chofiodd fel roedd ei thad wedi rhoi ei law am ei hysgwyddau i'w chysuro. Wrth gwrs, o'r funud honno ymlaen roedd hi wedi ceisio dangos i bawb ei bod hi mor awyddus â neb i fynd i'r wlad i fyw.

Dim ond hi a'i thad oedd yn gwybod pam roedd cyfreithiwr llwyddiannus yn Abertawe wedi penderfynu'n sydyn ei fod am roi'r gorau i'w bractis a mynd i ffermio. Yn wir, roedd ei wraig wedi dadlau'n hir yn erbyn y fath gam pwysig. Er ei bod hi'n ferch fferm ei hunan, allai hi ddim deall pam roedd ei gŵr, oedd ddim yn ffermwr nac yn fab i ffermwr, yn meddwl prynu fferm! Ond roedd y fferm yn Sir Benfro ac roedd hithau'n ferch o'r ardal, ac roedd meddwl am fynd yn ôl i'w sir enedigol wedi gwneud iddi gytuno, ac i edrych ymlaen at gael symud.

A hwn oedd diwrnod mawr y symud!

O'r diwedd, ar ôl mynd bwmp-di-bwmp dros byllau a thwmpathau ar y lôn gul, daeth y lorri fawr i ben ei thaith. Aeth trwy fwlch a oedd yn agored, a glanio ar glos a oedd mor anwastad â'r lôn bob tamaid. Edrychodd y gyrrwr a'i gyfaill ar yr hen ffermdy unig. Muriau melyn oedd iddo, ond bod tipyn o'r calch wedi cwympo yma a thraw. Pan stopiodd sŵn injian y lorri, a'r car y tu ôl, roedd pobman mor ddistaw â'r bedd.

Agorodd y gyrrwr ddrws y fan fawr a neidiodd i'r llawr. Edrychodd ar y clos anwastad ac ar y tŷ i geisio gweld sut y gallai gael y fan mor agos ag oedd bosib at ddrws ffrynt y ffermdy.

Erbyn hyn roedd y teulu wedi gadael y car, ac am foment safodd y pedwar yn y glaw ar ganol y clos. Yna aeth Mr a Mrs Ifans fraich ym mraich at y tŷ. Tynnodd Mr Ifans allwedd fawr o'i boced ac agor y drws. Ddaeth y plant ddim ar eu hôl am dipyn. Safodd y ddau'n edrych o'u cwmpas. Gallen nhw glywed y gwynt yn suo yn y coed hanner noeth a hefyd sŵn pitran-patran y glaw ar do'r sied wair.

Roedd llygaid Gwilym yn loyw oherwydd roedd e'n barod wedi syrthio mewn cariad â'r lle, er gwaetha'r ffaith fod y plastr wedi cwympo o'r muriau ac er bod y glaw'n gwneud i bopeth edrych ar ei waethaf.

Fe geisiodd Megan, chwarae teg iddi, beidio â chasáu Dôl Nant. Fe geisiodd weld rhywbeth o'i chwmpas a allai wneud iddi garu'r hen le. Ond allai hi ddim peidio teimlo'n ddig wrth y glaw, wrth y dom ar y clos, wrth y mwsog gwyrdd a oedd yn tyfu ar waelod ffram ffenest y gegin, a phopeth. Roedd hi'n teimlo'n ddig wrth ei thad am ddod â hi i'r fath le ac wrth ei mam, am eiliad, am achosi'r holl newid dychrynllyd yn ei bywyd.

Daeth ei thad i'r drws a gweiddi ar ddau ddyn y lorri ac ar y plant. 'Cwpaned bach o de cyn dechre gweithio! Te, te, te, i bob sychedig un!'

Dyna'i thad yn ei gyfer, meddyliodd Megan – dyn llon, siaradus, bob amser yn ceisio gwneud i bobol deimlo'n gysurus ac yn llon fel fe ei hunan. Ond roedd ei lais yn taro'n gras ar glustiau Megan y funud honno.

'Megan!' Llais ei thad eto. 'Y llestri te yna o'r bŵt os gweli di'n dda. Dewch i'r tŷ, bobol – fe fydd y te yn y tebot cyn pen winc. Wedyn fe gawn ni fwrw ati!'

Edrychodd gyrrwr y lorri a'i gyfaill ar ei gilydd cyn mynd i mewn i'r tŷ.

Pennod 6

Le rhyfedd yw tŷ heb ddodrefn ynddo. Yng nghegin Dôl Nant doedd yr un dodrefnyn ond rhyw hen fwrdd bawlyd wedi'i adael ar ôl gan John Saer o'r pentref ar ôl bod yn papuro'r tŷ.

'Fe fydd y tegell wedi berwi mewn winc,' meddai Mr Ifans. Roedd ei lais yn swnio'n ddieithr yn y stafell wag. Ar y gair daeth sŵn o'r gegin gefn – sŵn y tegell trydan yn berwi.

'A! Gwir oedd y gair,' meddai Mr Ifans. 'Mae'n ddrwg gen i nad oes cadair yma i neb eistedd. Cwpaned yn eich llaw fydd hi nawr, rwy'n ofni. Wel, dyna ni wedi cyrraedd yn ddiogel, beth bynnag.'

'Do,' cytunodd y gyrrwr, a oedd allan o hwyl o hyd, 'ond wfft i'r lôn yna a'r coed yn scrapo'r lorri. Ac wfft i'r glaw yma hefyd. Sut y'n ni'n mynd i gael pethe i mewn i'r tŷ yn sych, dwi ddim yn gwybod.'

Yna daeth Mrs Ifans a Megan i mewn a'r ddau hambwrdd a chwpanau te.

'Dim soseri heddi, mae'n ddrwg gen i,' meddai Meri Ifans. Edrychodd y gyrrwr a'i gyfaill arni.

Doedd yr un ohonyn nhw wedi'i gweld yn iawn o'r blaen. Fe welon nhw ei bod hi'n wraig eithriadol o dlws. Roedd ei hwyneb yn wyn fel ifori a'i chroen yn llyfn, a'i dau lygad mawr, brown yn rhoi rhyw olwg ddiniwed i'r wyneb hardd. Os oedd bai arno, efallai mai'r minlliw coch, coch, ar ei gwefusau oedd hwnnw.

Gwenodd y gyrrwr am y tro cyntaf. 'Mae'n iawn. Dy'n ni ddim bob amser yn cael cwpaned pan fyddwn ni'n symud pobol.'

'Ble mae Gwilym?' gofynnodd Mrs Ifans yn sydyn, wedi gweld bod un cwpan ar ôl ar yr hambwrdd heb ei hawlio.

Edrychodd pawb ar ei gilydd. Doedd neb wedi'i weld.

'Mae'n edrych o gwmpas, debyg iawn,' meddai Mr Ifans. 'Fe ddaw nawr, gewch chi weld.'

Roedd Mr Ifans yn iawn. Ar ôl i'w chwaer, y gyrrwr a'i gyfaill fynd i'r tŷ, aeth Gwilym wrtho'i hunan i edrych o gwmpas y clos. Agorodd ddrws y beudy a cherdded i mewn. Roedd y llawr sment yn lân, ond roedd arogl dieithr y gwartheg, a oedd yn arfer bod yno, yn aros o hyd.

Clywodd sŵn yn un o gorneli tywyll y beudy, a gwelodd lygoden fawr yn gwibio i'w thwll yn y wal. Teimlodd ias o ofn yn ei gerdded ac aeth allan i'r awyr agored unwaith eto.

Aeth i gyfeiriad clwyd yr ydlan. Pwysodd ar honno gan edrych ar y sied wair wag a'i phedwar post trwchus yn cynnal y to bwaog. Yna fe deimlodd ddistawrwydd y wlad o'i gwmpas. Dim sŵn car, na bws, na sŵn traed yn brysio heibio dros balmant, dim sgrech teiers yn sgido, dim hwter na phwffian trên. Dim ond suo isel y gwynt yn y coed uwch ei ben a sŵn pitran-patran y glaw o do'r sied wair. Cydiodd y dieithrwch ynddo. Roedd y cyfan mor wahanol i Abertawe.

Daeth Gwilym at y grisiau cerrig oedd yn arwain at ddrws y storws uwchben y stablau. Rhedodd i fyny'r grisiau, ond cheisiodd e ddim agor y drws. Yn lle hynny rhedodd i lawr eto i'r gwaelod. A dyna pryd y gwelodd y drws bach yn y wal wrth waelod y grisiau. Roedd yn gilagored. Plygodd i lawr a'i agor led y pen.

Dim ond pentwr o wellt melyn ar y llawr oedd e'n gallu gweld. Ond yn y distawrwydd llethol meddyliodd ei fod yn clywed sŵn rhywbeth yn anadlu'n drwm. Ai dychmygu roedd e? Yna clywodd sŵn cyffro yn y gwellt.

Cododd ar ei draed yn sydyn a rhedeg am y tŷ.

'Gwilym! Dere i gael dy de, 'nghariad i.'

Llais ei fam. Cymerodd y cwpan o'r hambwrdd â llaw grynedig. Yna gwelodd ei fam yn edrych arno.

'Rwyt ti'n edrych yn llwyd iawn, Gwilym. Does dim byd o le, oes e? Dwyt ti ddim yn sâl na dim, wyt ti?'

'Na, rwy'n iawn, Mam.'

'Da iawn. Wedi blino rwyt ti, mae'n debyg. Ry'n ni i gyd wedi blino. Ond mae lot o waith gyda ni 'to cyn mynd i'r gwely heno.'

Pan oedd y cwpanau gwag wedi mynd 'nôl i'r gegin fach, fe ddechreuodd y gwaith caled o gael y dodrefn o'r fan fawr i mewn i'r tŷ. Roedd y gyrrwr a'i ffrind yn gwybod eu gwaith yn dda a chyn pen fawr o dro roedd y rhan fwyaf o'r celfi trymaf wedi dod o'r lorri. Roedd pawb yn gweithio nawr, ac doedd fawr o siarad.

Roedd hi'n tywyllu'n gyflym pan ddringodd y gyrrwr a'i gyfaill ar y lorri ddodrefn unwaith eto, i fynd 'nôl i'r depot. Daeth y teulu i gyd i'r drws i weld y cerbyd mawr yn mynd fel llong mewn storm i fyny'r lôn at y briffordd.

Yna, pan oedd to'r fan wedi mynd o'r golwg, aeth pawb 'nôl i'r tŷ gyda'i gilydd.

'Whiw!' meddai Mr Ifans, gan suddo i hen gadair freichiau a oedd wedi'i gosod yn y gornel yn ymyl y lle tân. 'Rwy'n meddwl y bydd digon o flino arnon ni i gyd i allu cysgu heno, er ein bod ni mewn lle dierth.'

Edrychodd ar Megan wrth ddweud hyn. Roedd e'n gofidio amdani hi. Fe allai pethau fynd yn anodd iawn os nad oedd hi'n mynd i hoffi byw yn Nôl Nant.

'Wel, fe fydd raid i chi i gyd gael swper cyn mynd i gysgu, beth bynnag,' meddai Mrs Ifans.

'Dere, Megan, 'y merch i, os gweli di'n dda – i ni gael gweld beth allwn ni neud i swper.'

Aeth y ddwy allan i'r gegin fach ac eisteddodd Gwilym ar stôl deirtroed yn ymyl ei dad.

'Wel, beth wyt ti'n feddwl am y lle, Gwilym?' gofynnodd Mr Ifans.

'O, iawn. Mae'n dawel iawn 'ma.'

'Ydy mae hi. Fe welwn ni i gyd dipyn o newid. Fuest ti'n gweld tipyn o'r lle gynne fach?'

'Y . . . do, fe fues i'n edrych o gwmpas y beudy a'r ydlan.'

'O? Mae'r cyfan yn wag nawr, wrth gwrs. Aros di nes byddwn ni wedi cael y gwartheg a'r gwair rwy wedi'u prynu . . .'

'Y . . . 'Nhad . . .'

'Wel?'

'Y . . . y'ch chi'n gwbod am yr hen le bach 'na o dan y grisie cerrig . . .'

'Grisie cerrig? Aros di nawr . . . y rhai sy'n arwain i'r llofft uwchben y stabal mae'n debyg wyt ti'n feddwl. Ie, beth amdanyn nhw?'

'Mae drws bach o dan y grisie; sylwoch chi pan fuon ni 'ma o'r blaen?'

'Do, rwy'n meddwl do fe. Cwt yr hwyed yw e, mae'n debyg. Dy fam esboniodd i fi beth oedd e hefyd. Dyna faint o ffermwr ydw i, ti'n gweld!'

''Nhad . . . rwy'n meddwl bod rhywun mewn fan'na.'

'Yng nghwt yr hwyed?'

'Ie.'

Chwarddodd ei dad yn uchel. 'Oes, siŵr o fod – llygod mawr, neu rai bach. Fe fydd raid i ni gael tair neu beder cath i ddelio â nhw cyn gynted ag y gallwn ni.'

Ddywedodd Gwilym ddim yn ateb i hyn. Llygod? le, dyna'r esboniad mwyaf tebygol. Roedd e wedi gweld un yn y beudy. Ac eto . . . A oedd wedi clywed sŵn anadlu? Na, doedd bosib! Roedd e'n eistedd yn ymyl ei dad nawr ac allai e ddim ei glywed e'n anadlu. Ond roedd e wedi clywed sŵn cyffro yn y gwellt, roedd e'n eithaf siŵr o hynny, felly rhaid mai llygoden oedd yno. Ond wedyn, doedd Gwilym ddim yn fodlon. Roedd e wedi cael y syniad pan agorodd ddrws y cwt hwyaid fod rhywun neu rywbeth mwy na llygoden yn gorwedd yn y gwellt.

''Nhad,' meddai wedyn. 'Y'ch chi'n meddwl y byddai ambell i hen dramp yn dod 'ma i gysgu dros nos . . . cyn i ni ddod . . . pan oedd y lle 'ma'n wag, rwy'n feddwl?'

'Gwilym,' meddai ei dad gan wenu arno, 'wyt ti'n dal i feddwl bod rhywun yn y cwt hwyed?'

Gwingodd y bachgen yn anesmwyth. Rhoddodd ei dad ei law ar ei ysgwydd.

'O'r gore,' meddai, 'os wyt ti'n mynd i feddwl trwy'r nos heno fod 'na rywun yn y cwt hwyed, rwy'n ofni na chysgi di ddim winc. Felly does dim amdani ond mynd allan gyda'n gilydd i weld . . .'

'Ddewch chi, 'Nhad?'

Cododd Tom Ifans ar ei draed. 'Dere,' meddai, 'gad i ni fynd. Fe fyddwn ni'n ôl cyn bydd swper yn barod.'

Yna edrychodd o'i gwmpas. 'Ble mae'r dorts 'na, dwed?' Yna gwelodd y dorts fawr ar y silff ben tân. Cydiodd ynddi a'i rhoi yn ei boced.

Roedd y clos yn dywyll erbyn hyn. Roedd y glaw mân wedi peidio a winciai'r sêr trwy ambell rwyg yn y cymylau uwchben. Doedd dim sôn am leuad.

Cydiodd Gwilym yn dynn yn llaw ei dad. Beth oedd yn y cwt hwyaid? Roedd e'n gwybod yn iawn fod ofn arno. Ond roedd rhaid iddo gael gwybod.

Aeth y ddau ar draws y clos nes dod at y drws bach o dan y grisiau cerrig. Fflachiodd Tom Ifans y dorts at y drws. Roedd wedi'i gau'n dynn. Nid dyna fel roedd e pan welodd e gyntaf, meddyliodd Gwilym. Ac nid dyna fel roedd e wedi'i adael chwaith. Gwelodd ei dad yn plygu at y drws isel. Yna roedd ei law fawr wedi'i agor yn sydyn.

Plygodd Tom Ifans yn is er mwyn edrych i mewn i'r cwt hwyaid. Yna fflachiodd olau'r dorts i'r tywyllwch. Gwelodd bentwr o wellt melyn a dim byd arall am foment. Ond wedyn syrthiodd golau llachar y dorts ar waelod esgid yng nghanol y gwellt. Gwaelod esgid garpiog oedd hi, a'r lledr wedi treulio'n ddrwg iawn. Roedd Gwilym yn iawn, meddyliodd – roedd hen dramp wedi cymryd mantais o'r ffaith fod y fferm yn wag. 'Mas o 'ma!' gwaeddodd yn uchel.

Neidiodd calon Gwilym i dwll ei wddf. Roedd ei dad wedi gweld rhywun! Ond ddaeth ddim unrhyw symudiad o'r tu mewn i'r cwt hwyaid.

'Mas o fan'na ar unwaith!' meddai Tom Ifans wedyn. Dim ateb.

Yna estynnodd ei fraich hir i mewn a chydio yn y droed yng nghanol y gwellt. Yr eiliad nesaf roedd Tim wedi neidio i fyny o'r gwellt a tharo'i ben yn boenus yn erbyn to isel y cwt hwyaid. Nawr gwelodd Tom Ifans, er mawr syndod iddo, mai bachgen oedd yn cuddio yn y cwt, ac nid hen drempyn, fel y credai ar y dechrau.

Nawr roedd Tim ar ei benliniau yn y gwellt yn edrych yn ffyrnig ar Tom Ifans, fel rhyw anifail bach, gwyllt wedi'i yrru i gornel. Erbyn hyn roedd Gwilym wedi penlinio yn y llaid ar lawr y clos ac roedd e hefyd yn edrych i mewn i'r cwt hwyaid. Yng ngolau'r dorts gwelodd fachgen a'i wyneb yn frown neu'n fawlyd, doedd e ddim yn siŵr p'un; a'i ddillad yn garpiog. Roedd e'n gwisgo hen siwmper las tywyll a'i choler wedi datod yn ddrwg iawn, a dim crys odani.

Am funud roedd distawrwydd heb neb yn symud. Doedd gan Tom Ifans ddim syniad beth i'w wneud nesaf. Ond cafodd y broblem ei setlo drosto pan roddodd Tim naid sydyn am y drws i geisio dianc. Fe fuodd e bron â llwyddo hefyd. Roedd e wedi mynd yn ei blyg rhwng coesau Tom Ifans. Ond plygodd hwnnw'n sydyn a chydio yn ei war.

'Gan bwyll! Gan bwyll!' meddai. 'Beth yw'r brys?' Cododd e ar ei draed gan ddal golau'r dorts ar wyneb y bachgen. Yna gan ddal ei afael yn ei siwmper fe drodd Tom am y tŷ. Phrotestiodd Tim ddim o gwbwl. Roedd e'n disgwyl am gyfle – hanner cyfle – i ddianc.

Dilynodd Gwilym yn dynn wrth eu sodlau. Martsiodd Tom Ifans ei garcharor i mewn i gegin Dôl Nant.

'Meri!' gwaeddodd o ganol llawr y gegin.

'Mae swper bron yn barod, Tom!' gwaeddodd ei wraig o'r gegin fach.

'Meri, dewch 'ma ar unwaith!' meddai Tom Ifans eto. 'Gwilym,' meddai wedyn, 'clo'r drws 'na a dere â'r allwedd i fi.'

Daeth Meri Ifans yn syth o'r gegin fach. 'Beth? Tom! Pwy yw hwn 'te?'

'Dyna beth hoffwn i gael gwybod, Meri. Roedd e wedi gwneud 'i gartre yng nghwt yr hwyed . . .'

'Yng nghwt yr hwyed, Tom? O, druan bach!' Daeth Meri Ifans yn nes at Tim ac edrych yn garedig arno. Edrychodd Tim hefyd arni hithau. Doedd erioed wedi gweld gwraig mor dlws â hi. Roedd hi'n gwenu arno a gallai weld ei dannedd gwyn, llyfn. Dannedd felly oedd gan y ferch ifanc

yn y llun yn waled ei dad-cu – ei fam, nad oedd e
erioed wedi cael cyfle i'w nabod.

'Druan bach, Meri! Ac yntau wedi bod yn byw
yn ein cwt hwyed ni heb ganiatâd?' Roedd llais
Tom Ifans yn swnio'n ddifrifol.

'Nawr,' meddai wrth Tim, 'eistedd fan'na i ni
gael gwybod beth yw dy fusnes di 'ma.'

Gosododd Tim i eistedd ar y stôl deirtroed yn
ymyl y lle tân. Eisteddodd hwnnw'n ddigon tawel,
ond roedd pob nerf yn ei gorff yn barod i ddianc
pan fyddai'r cyfle'n dod. Erbyn hyn roedd Megan
wedi dod o'r cefn hefyd; a Gwilym, ar ôl cloi'r
drws, wedi dod i mewn i gylch y golau. Edrychodd
Tim o un i'r llall. Edrychodd yn hir ar Megan.
Roedd hi'n debyg iawn i'w mam, meddyliodd.

Pan edrychodd ar Gwilym, gwelodd fachgen
gwallt coch a brychni ar ei drwyn a'i dalcen.

'Sipsi yw e, 'Nhad,' meddai Megan.

'Sipsi?' meddai Tom Ifans. 'Ro'n i'n meddwl
mai mewn carafán roedd y rheini'n byw. Chlywes
i ddim sôn am sipsiwn yn byw yng nghwt hwyed
erioed.'

Yn dawel bach roedd Tom Ifans yn ceisio cael
y bachgen carpiog i ddweud rhywbeth. Roedd e'n
gwybod yn ei galon garedig fod rhywbeth o'i le
yn hanes y bachgen yma oedd yn cuddio wrtho'i
hunan yng nghwt yr hwyaid.

'Wel?' meddai wedyn, a'i lais yn fwy caredig y
tro hwn. 'Wyt ti wedi colli dy dafod, fachgen?'

Roedd llygaid du Tim wedi'u hoelio ar ei wyneb, ond ddywedodd e'r un gair.

'Beth yw dy enw di?' gofynnodd Tom Ifans wedyn.

Dim ateb.

Beth oedd y bobol yma'n mynd i'w wneud ag e? Dyna'r cwestiwn oedd yn poeni Tim y funud honno. A oedd e wedi torri'r gyfraith wrth gysgu mewn sgubor wag? Debyg iawn, meddyliodd. Oherwydd hynny, doedd hi ddim yn syndod iddo o gwbwl pan ddywedodd Tom Ifans wrth ei wraig,

'O, os nad yw e'n mynd i ateb, Meri, does dim byd i'w wneud ond mynd ag e at yr heddlu. Fe gaiff e fis o garchar, debyg iawn . . .' Welodd Tim mo Tom Ifans yn wincio ar ei wraig.

Mis o garchar! Y gaseg a'r ebol! Beth fyddai'n debyg o ddigwydd i'r rheini ac yntau yn y carchar?

'Tim Boswel yw'n enw i,' meddai'n swta.

'Boswel,' meddai Meri Ifans, gan wenu arno. 'Ro'n i'n nabod rhai o'r Boswels pan o'n i'n ferch ifanc yn Sir Benfro 'ma slawer dydd.'

Edrychodd Tim eto ar y wraig hardd. Roedd hi'n amlwg yn ceisio bod yn gyfeillgar. Ond doedd Tim ddim yn mynd i fod yn gyfeillgar. Roedd ei dad-cu wedi dweud droeon wrtho mai pobol wahanol oedd sipsiwn a phobol tai, a do'n nhw byth yn debyg o ddod ymlaen gyda'i gilydd.

'O, Tim Boswel, iefe?' meddai Tom Ifans. 'Oes 'na ragor ohonoch chi o gwmpas y lle 'ma?'

Ysgydwodd Tim ei ben.

'Dim ond ti dy hunan?' Roedd hi'n amlwg fod Tom Ifans yn ei amau. Atebodd Tim ddim y tro hwn. Doedd pobol tai byth yn credu sipsiwn beth bynnag, meddyliodd.

'Tom,' meddai Mrs Ifans, 'mae swper ar y ford ac mae'n oeri.'

'O?' Roedd Tom Ifans mewn penhleth. Beth oedd e'n mynd i'w wneud â hwn tra bydde fe'n cael ei swper?

'Ewch nawr,' meddai'i wraig wedyn, 'fe ofala i am Tim nes dewch chi'n ôl. Gwilym – tithe hefyd, 'machgen. Fe ddaw Megan â bwyd i chi nawr.'

Aeth Tom Ifans a'i fab a'i ferch allan i'r gegin fach lle roedd swper brysiog wedi'i baratoi. Roedd allwedd drws ffrynt y fferm yn llaw Gwilym o hyd.

Ar ôl iddyn nhw fynd, eisteddodd Meri Ifans yn y gadair freichiau hen ffasiwn yr ochr arall i'r tân oddi wrth Tim. Ond chododd Tim mo'i lygaid i edrych arni. Roedd e'n edrych yn syth ar y llawr o'i flaen.

'Pobol carafán oedd y Boswels slawer dydd; beth sy wedi digwydd i'ch carafán chi, Tim?' gofynnodd Mrs Ifans.

Dim ateb.

'Ro'n i'n nabod rhai o'r Boswels pan o'n i'n ferch ifanc,' meddai Mrs Ifans eto. 'Fe ges i'n magu heb fod ymhell o 'ma, a phan fydde'r sipsiwn yn dod i'r comin, mi fydden nhw'n galw gyda ni. Ro'n i'n nabod Ruth Boswel.'

Aeth ias trwy gorff Tim. Ruth Boswel oedd ei fam-gu!

'Ro'n i'n nabod Sara Boswel hefyd, merch Ruth . . . fe fuodd hi a finne'n chware gyda'n gilydd unwaith neu ddwy, rwy'n cofio.'

Cododd Tim ei ben ac edrych yn syn ar wyneb hardd Mrs Ifans. Roedd y wraig yma wedi bod yn chwarae gyda'i fam! Fe agorodd ei geg i ddweud rhywbeth, ond ddaeth yr un gair dros ei wefusau. Erbyn hyn roedd Mrs Ifans yn edrych yn syn arno yntau.

'Beth sy, Tim? Ddwedes i rywbeth o'i le?'

Cododd Tim ar ei draed ac aeth gam yn nes ati. 'Sara Boswel oedd enw Mam,' meddai.

'Wel, wir!' meddai Mrs Ifans gan wenu'n dyner arno. 'Mab Sara y'ch chi, iefe, Tim? Sut mae hi? Ydy'r garafán lawr ar y comin? Dw i ddim wedi'i gweld hi ers . . . o, yn agos i ddeunaw mlynedd, na, mwy na hynny . . .'

'Mae wedi marw,' meddai Tim, gan ddal i sefyll ar ei draed o flaen Mrs Ifans.

'Wedi marw! O, mae'n ddrwg gen i, Tim!' Yn sydyn roedd dagrau wedi cronni yn llygaid Mrs Ifans. Estynnodd ei dwy fraich. 'Dewch 'ma, Tim,' meddai. Aeth y bachgen gam yn nes ati a stopio. Yna aeth un cam arall ac aros eto, o fewn llathen i Mrs Ifans.

'A'ch mam-gu . . . Ruth?'

'Wedi marw, a Dad-cu.' Plygodd Tim ei ben i edrych ar y llawr eto.

'Ond mae 'na Boswels eraill – perthnasau i chi, Tim . . .'

Atebodd y bachgen ddim.

'Y'ch chi wrth eich hunan?' Roedd llais Mrs Ifans yn isel. Gwelodd ben cyrliog Tim yn mynd i fyny ac i lawr.

'Ond sut, Tim? Y . . . beth sy wedi digwydd i'r garafán?'

'Wedi llosgi.'

'Wedi llosgi! Dewch nawr, alla i ddim credu . . .'

Caeodd Tim ei geg yn dynn. Doedd hi ddim yn ei gredu am mai sipsi oedd e. Doedd neb yn credu sipsiwn, hyd yn oed pan oedden nhw'n dweud y gwir.

Sylwodd Mrs Ifans fod y gwefusau wedi cau'n dynn, a ddywedodd hi ddim gair am ennyd.

'Tim,' meddai wedyn, 'fe gewch chi aros gyda ni nes . . .'

'Na,' meddai Tim, cyn iddi gael amser i orffen.

'Ond os y'ch chi wrth eich hunan, heb berthynas na charafán na dim . . . falle y bydde'n well i chi aros gyda ni nes daw rhai o'ch perthnasau . . . rhai o'r Boswels heibio i'r comin?'

'Ond mae'r gaseg a'r ebol bach . . .' Stopiodd Tim yn sydyn, fel petai wedi sylweddoli'i fod wedi dweud gormod.

'Y gaseg a'r ebol?' Estynnodd Mrs Ifans ei braich a chydio yn ei law. Tynnodd e tuag ati, er bod Tim yn tynnu yn ei herbyn.

'Nawr, Tim,' meddai, 'dwedwch yr hanes i gyd wrtha i, os gwelwch yn dda.'

Roedd Tim yn ddigon agos iddo fedru arogli'r persawr oedd ar ddillad Mrs Ifans. Roedd croen ei hwyneb mor lân, meddyliodd – fel gwddf alarch.

Yna, heb yn wybod iddo'i hunan, adroddodd ei stori wrthi – am ei dad-cu'n marw ac am y gaseg yn bwrw ebol yng nghanol nos, am y gwerthu basgedi a sut y daeth e o hyd i'r ffermdy gwag. Yna adroddodd am hen arfer y sipsiwn o losgi'r garafán pan fyddai'r perchennog yn marw, ac fel roedd e wedi gwneud hynny i garafán ei dad-cu, er mwyn iddo gael mynd i nefoedd y sipsiwn at Sol Burton, Amos Lovell, Abram Wood, Gideon Lee a'r lleill.

Gwrandawodd Mrs Ifans yn syn ar ei stori ryfedd. Pan ddaeth Tim i'r diwedd, fe ddywedodd yn benderfynol, 'Fe fydd raid i chi aros 'ma!'

'Na!' meddai Tim. 'Sipsi ydw i!'

'Am wythnos neu ddwy, Tim, dyna i gyd. Dim ond nes bydd coesau'r ebol bach 'na wedi cryfhau digon.'

Ddywedodd y bachgen ddim gair – dim ond edrych yn syn ar y wraig hardd o'i flaen. Beth oedd hi'n ei feddwl wrth ddweud peth fel yna? Ai rhyw dric oedd y cyfan?

'Wel, Tim . . .?'

'Wel, os y'ch chi'n fodlon i fi gysgu yn y sgubor
. . . neu gwt yr hwyed . . .'

Torrodd Mrs lfans ar ei draws. 'Na, Tim, nid
yn y sgubor na chwt yr hwyed; fe gewch chi stafell
wely fach i chi'ch hunan ar y llofft. Mae'r hen le
'ma'n ddigon mawr . . .' Stopiodd ar hanner y
frawddeg, oherwydd roedd hi'n gallu gweld wrth
wyneb Tim nad oedd e'n mynd i fodloni ar fyw yn
y tŷ gyda'r teulu ar unrhyw delerau. Gwenodd ar y
bachgen yn dyner.

'O'r gore, Tim, fe gewch chi gysgu yng nghwt
yr hwyed os mynnwch chi, does dim gwahaniaeth
gen i. Meddwl yr o'n i 'i bod hi'n fwy cyfforddus
yn y stafell fach 'na ar y llofft.'

Ysgydwodd Tim ei ben.

Yna daeth y tri arall 'nôl o'r gegin gefn lle
roedden nhw wedi bod yn bwyta swper. Ar
unwaith roedd llygaid Tim yn gwibio o un i'r llall,
ac oddi wrthyn nhw i gyfeiriad y drws.

Wedyn hoeliodd ei lygaid ar Megan. Roedd
hi'n amlwg nawr ei bod yn edrych yn amheus
arno. Yn wir, roedd hi'n crychu'i thrwyn arno, fel
pe bai'n rhyw bryfyn!

Pennod 7

Fe gafodd Tim Boswel ei ffordd y noson honno a chysgodd yng nghwt yr hwyaid. Er iddo gael cynnig swper gan Mrs Ifans, gwrthod yn bendant wnaeth e. Roedd e'n teimlo mor anghysurus yn y tŷ fel na allai aros yno eiliad yn fwy nag oedd rhaid.

Ac yn y bore roedd e'n teimlo'n swil o hyd – mor swil fel nad oedd awydd arno ddod allan o gwt yr hwyaid er ei fod yn gallu clywed sŵn traed yn cerdded o gwmpas y ffermdy.

Yna clywodd sŵn traed yn dod at ddrws y cwt hwyaid. Gwelodd y drws bach yn cael ei agor a daeth wyneb a gwallt coch Gwilym i'r golwg. Am foment syllodd y ddau ar ei gilydd heb ddweud yr un gair. Gwilym oedd y cyntaf i dorri gair.

'Mae Mam wedi hala fi â'r fasged 'ma . . .' Wrth ddweud hyn estynnodd fasged frown i mewn i'r cwt hwyaid. Gwelodd Tim y lliain gwyn dros y fasged. Cydiodd ynddi o law Gwilym a chodi'r lliain. Gwelodd blataid o gig moch, ac wy wedi'i ffrio, bara menyn gwyn yn ymyl y plat a chwpan te a soser. Roedd tipyn o'r te wedi colli i'r soser.

59

Cyllell a fforc a llwy. Fe deimlodd Tim lwmp yn ei wddf wrth feddwl am y wraig garedig oedd wedi cofio bod eisiau bwyd ar y sipsi bach yn y cwt hwyaid.

Cododd y plat o'r fasged, a'r gyllell a'r fforc, a dechrau bwyta − yn araf i ddechrau, am fod Gwilym yn edrych arno, a doedd e ddim am ddangos iddo fod cymaint o eisiau bwyd arno. Roedd e'n disgwyl i Gwilym fynd i ffwrdd ond aros yno wnaeth hwnnw, yn edrych yn syn arno.

'Y . . . mae Mam yn dweud . . .' meddai Gwilym. Yna stopiodd.

'Beth?' gofynnodd Tim, gan stopio bwyta am funud.

'Fod ebol bach gyda chi − ti.'

'Oes.'

'Ble mae e?'

Edrychodd Tim yn ddrwgdybus arno. 'Pam?' gofynnodd.

Cochodd Gwilym hyd fôn ei wallt.

'Wel fe hoffwn i 'i weld e, dyna i gyd.' Roedd e'n swnio braidd yn ddig.

'Fe gei di 'i weld e os wyt ti am,' meddai Tim, yn fwy cyfeillgar.

Gwelodd wên fawr yn lledu dros wyneb Gwilym.

'Mae gen i gaseg hefyd,' meddai Tim.

'Fe ddwedodd Mam. Y gaseg yw mam yr ebol.'

'Doli yw enw'r hen gaseg.'

'Ydy hi'n hen?'

'Yn hen iawn. Dwi ddim wedi rhoi enw ar yr ebol 'to.'

Erbyn hyn roedd Tim wedi clirio'i blat a'i roi 'nôl yn y fasged. Doedd e erioed wedi profi dim mor flasus â'r bacwn a'r wy a'r bara menyn a gafodd y bore hwnnw yng nghwt yr hwyaid.

'Pryd ga' i weld yr ebol?' gofynnodd Gwilym.

'Heddi. Dwi eisie mynd i weld sut mae e a'r gaseg y bore 'ma. Fe gei di ddod gyda fi os wyt ti am.' Estynnodd y fasged i Gwilym cyn dod allan o'r cwt i'r clos.

Edrychodd Tim o'i gwmpas. Roedd Megan yn sefyll yn nhalcen y tŷ yn edrych arno. Hyd yn oed o'r fan honno gallai weld yr olwg wawdlyd ar ei hwyneb. Dechreuodd hi gerdded i lawr yn araf tuag atyn nhw. Roedd hi newydd ymolchi a gwneud ei gwallt; roedd hi'n edrych yn lân ac yn dlws iawn.

'Gwilym,' meddai, pan ddaeth hanner y ffordd tuag atyn nhw, 'ro'n i'n meddwl dy fod ti'n mynd i helpu Dadi ar y llofft y bore 'ma?'

'O, mae digon o amser, w,' wfftiodd Gwilym.

'Nac oes ddim; mae e'n disgwyl amdanat ti.'

'Na'dy ddim 'te. Alla i ddim bod ym mhobman. Fe halodd Mam fi . . .'

'Â bwyd i'r hwyaid!' chwarddodd Megan yn wawdlyd. Yna cerddodd heibio i'r ddau a phlygodd i edrych i mewn i'r cwt lle roedd Tim wedi bod yn cysgu'r noson cynt.

'Y! 'Ma beth yw lle brwnt!'

'Dyw e ddim yn frwnt!' meddai Tim yn ffyrnig.

'Na, dyw e ddim yn frwnt i sipsiwn,' meddai Megan yn greulon.

Teimlodd Tim ei fochau'n fflamio. Wrth gwrs, roedd e'n hen gyfarwydd â gwawd o'r math yma oddi wrth bobol tai. Ond roedd clywed merch i wraig a oedd wedi bod mor garedig wrtho'n dweud y fath bethau'n brifo i'r byw.

Yn sydyn trodd Megan ar ei sawdl. 'Wyt ti'n dod?' gwaeddodd ar Gwilym.

Rhedodd Tim nerth ei draed i lawr am waelod y clos tua'r cwm lle roedd yr afon – a lle roedd e wedi gadael y gaseg a'r ebol y diwrnod cynt. Aeth Gwilym ar garlam ar ei ôl.

'Gwilym!' gwaeddodd Megan. 'Dere'n ôl ar unwaith!' Am foment, safodd ei brawd mewn penbleth. Edrychodd ar ei chwaer, yna ar gefn y sipsi a oedd yn prysur ddiflannu i lawr dros y fron. Ar ôl Tim yr aeth e. 'Gwilym!' Ond roedd Megan yn gweiddi'n ofer. Roedd y ddau fachgen yn hanner rhedeg, hanner llithro i lawr y fron serth.

Cydiodd Megan yn y fasged a adawodd Gwilym ar lawr yn ei hymyl, ac aeth 'nôl am y tŷ i ddweud wrth ei rhieni.

Daeth y ddau fachgen i waelod y fron lle roedd yr afon. Yno roedd y borfa'n tyfu'n uchel ac yn drwchus, ac roedd e'n wlyb ar ôl y glaw y noson cynt.

O dan goed gwern oedd yn tyfu yn ymyl y dŵr roedd y gaseg a'r ebol bach. Safodd Gwilym yn stond i edrych ar y ddau.

Gweryrodd y gaseg yn isel a daeth ar ei hunion at Tim, fel pe bai'n falch iawn o'i weld. Rhoddodd y sipsi ei law ar ei thrwyn melfed a rhedodd fysedd ei law arall trwy'i mwng trwchus. Ond roedd llygaid Gwilym ar yr ebol bach, coesog.

O, roedd e'n bert! Doedd e ddim wedi gweld ebol mor ifanc erioed o'r blaen – a dweud y gwir, doedd e erioed wedi sefyll mor agos at ebol yn ei fywyd. Roedd y creadur bach wedi dod yn ddigon agos iddo allu cyffwrdd ag e.

Yn sydyn trodd at Tim.

'Y . . . wyt ti'n mynd i fyw gyda ni o hyn ymlaen?' gofynnodd.

Edrychodd y ddau ar ei gilydd. Yna ysgydwodd Tim ei ben.

'Byw gyda chi! Na!' meddai gan chwerthin a'i ben yn yr awyr.

'Pam?' gofynnodd Gwilym.

'Fi'n byw gyda chi? Ond sipsi ydw i, a phobol tai y'ch chi. Mae rhaid i sipsiwn fyw mewn carafán a symud . . .'

'Does dim rhaid iddyn nhw.'

'Oes. Ac mae rhaid i chi aros mewn tŷ a . . . a . . . mynd i'r ysgol a . . .'

'Wyt ti ddim wedi bod yn yr ysgol o gwbwl?'

Ysgydwodd Tim ei ben a chrychu'i drwyn. 'Naddo, a dwi ddim yn bwriadu mynd chwaith. Mynd i'r ysgol, wir!'

'Ond maen nhw'n dysgu darllen a gwneud symie a . . . Wyt ti'n gallu darllen?'

'Dim llawer. Does gen i ddim diddordeb mewn darllen.'

'Ond mae storïe pert mewn llyfre . . . a rhaid i chi allu darllen cyn gallwch chi fwynhau'r storïe.'

'Adrodd storïe mae'r sipsiwn, nid 'u darllen nhw.'

'Ond mae rhaid mynd i'r ysgol,' meddai Gwilym.

'Does dim rhaid i blant y sipsiwn; maen nhw'n symud o hyd – allan nhw byth.'

Yn sydyn cydiodd Tim ym mwng y gaseg a'i ddwy law a neidio ag un sbonc ar ei chefn.

Edrychodd Gwilym arno gydag edmygedd. Byddai wrth ei fodd yn cael bod ar gefn y gaseg y funud honno. Roedd yn well ganddo geffylau na dim byd. A fyddai e'n gallu neidio ar gefn ceffyl ag un sbonc fel yna rywbryd? Roedd Megan yn hoffi ceffylau hefyd, ac roedd eu tad wedi addo prynu merlyn bach iddyn nhw ar ôl symud i Ddôl Nant.

'Rwy'n mynd i gael ceffyl hefyd,' meddai wrth Tim, a oedd yn eistedd yn llonydd ar gefn y gaseg.

'Wyt ti'n gallu reidio?' gofynnodd Tim.

Ysgydwodd Gwilym ei ben. Llithrodd Tim i lawr o gefn y gaseg a daeth yr ebol bach at ei fam a dechrau sugno, gan siglo'i gynffon yr un pryd.

'Mae pysgod yn yr afon 'ma,' meddai Tim.

'Oes e wir?'

'Oes. Fe weles i nhw ddoe. Wyt ti am i fi ddal pysgodyn i ti?'

'Wyt ti'n medru?'

'Wrth gwrs hynny.' Tynnodd Tim y gyt a'r bachau roedd e wedi'u cael yn waled fawr ei dad-cu o'i boced. Wedyn tynnodd y gyllell boced. Sylwodd ar wialen a oedd yn tyfu yn ymyl y dŵr. Aeth ati a'i thorri â'r gyllell boced fawr.

Wedi trwsio tipyn arni roedd hi'n edrych yn ddigon tebyg i wialen bysgota. Clymodd Tim y gyt a'r bachyn wrth flaen y wialen mewn byr amser. Yna cerddodd at ymyl y nant a Gwilym gydag e. Roedd glaw'r noson cynt wedi chwyddo tipyn ar ddŵr y nant a'i droi'n llwyd.

'Edrych am fwydyn,' meddai Tim. 'Mwydyn?'

'Ie, ie, mwydyn.'

Ond Tim ei hunan ddaeth o hyd i un, o dan garreg yn y borfa yn ymyl y nant – mwydyn coch a hwnnw'n gwingo fel neidr yn ei law. Gwyliodd Gwilym e'n ofalus, ond bu bron iddo orfod troi'i ben i ffwrdd pan welodd y sipsi'n gwthio'r bachyn miniog trwy gorff tenau'r mwydyn coch.

Dewisodd Tim un o'r pyllau llonydd yn y nant. Gadawodd i'r bachyn lithro i lawr gyda'r dŵr i gyfeiriad y pwll. Ddigwyddodd ddim byd. Cododd y bachyn wedyn a'i ollwng yn araf unwaith eto. Y tro hwn teimlodd blwc cynhyrfus ar y wialen. Yr eiliad nesaf roedd Tim wedi troi oddi wrth y dŵr ac wedi taflu pysgodyn tua phum modfedd o hyd ar y borfa wrth draed Gwilym. Neidiodd y pysgodyn yn wyllt ar y borfa. Ond cyn pen winc roedd Tim wedi cydio ynddo a tharo'i ben yn erbyn ei esgid. Dyna ddiwedd ar ei strancian. Wedyn aeth ati i gael y bachyn o'i geg. Doedd hynny ddim yn waith hawdd oherwydd roedd y brithyll anffodus wedi'i lyncu'n ddwfn.

Wedi iddo ei gael yn rhydd daliodd Tim y pysgodyn i fyny. Roedd e'n loyw fel swllt yn yr haul. Roedd llygaid y sipsi'n loyw hefyd, ac roedd hanner gwên ar ei wyneb.

'Wyt ti am drio?' gofynnodd i Gwilym.

'O, ydw!' meddai hwnnw.

'Rhaid i ti edrych am fwydyn 'te.'

Cododd Gwilym ddwy garreg yn ymyl yr afon heb weld yr un mwydyn. Pan gododd y trydydd gwelodd fwydyn braf yn gorwedd o dan y garreg. Arhosodd am eiliad, mewn ofn cydio ynddo. Yr eiliad nesaf roedd y peth gwinglyd wedi suddo o'r golwg i'r ddaear.

'Dyma un i ti!' gwaeddodd Tim. Estynnodd fwydyn braf i Gwilym. Cydiodd hwnnw ynddo ac aeth ias trwyddo pan deimlodd e'n gwingo rhwng ei fysedd. Bron iddo ei ollwng o'i law.

Estynnodd Tim y bachyn iddo. Cymerodd Gwilym e o'i law a cheisio rhoi'r abwyd ar y bachyn miniog. Ond allai e ddim yn ei fyw. Roedd y mwydyn rhy fywiog ac yn rhy awyddus i ddianc, ac roedd dwylo Gwilym yn crynu gormod.

'Beth sy'n bod?' gofynnodd Tim.

'Y . . . alla i . . . alla i ddim . . .'

'O'r babi mowr,' meddai Tim gan chwerthin. Cydiodd yn y bachyn a'r mwydyn o'i law a chyn pen winc roedd e wedi gwneud y tric.

Cymerodd Gwilym y wialen a thaflodd y bach i'r dŵr fel y gwelodd y sipsi'n ei wneud, a gadawodd i'r abwyd lifo gyda'r dŵr. Aeth yr abwyd i lawr i'r pwll a suddo i'r gwaelod. Trodd Tim ei ben i wylio'r ebol bach a'i fam.

Gwylio'r dŵr yn byrlymu i'r pwll roedd Gwilym. Bob nawr ac yn y man byddai ewyn gwyn yn dod i lawr gyda'r llif ac weithiau dair neu bedair o ddail crin gyda'i gilydd.

Doedd e ddim yn disgwyl dal pysgodyn. Doedd e ddim yn bysgotwr medrus fel y sipsi, meddyliodd. Ond yn sydyn fe deimlodd blwc hir, diog ar y wialen. Ai'r dŵr oedd wedi achosi'r peth, neu a oedd rhywbeth wedi cydio yn yr abwyd? Tynnodd flaen y wialen tuag ato'n araf. Dyna fe eto – y plwc hir!

'Hei!' meddai. 'Rwy'n meddwl . . . bod . . . rhywbeth . . . yn sownd yn y bachyn!'

'Wel lan ag e 'te! Paid ag aros fan'na fel delw.'

Tynnodd Gwilym y wialen o'r dŵr. Sylwedd-olodd ar unwaith fod yna rywbeth byw y pen arall iddi. Yna daeth pen y rhywbeth hwnnw i'r golwg uwchlaw'r dwr. Ai pysgodyn oedd e? Doedd e ddim . . . Yna gwelodd y creadur i gyd, yn corddi ac yn cynhyrfu dŵr y pwll bach llonydd.

'Llysywen!' meddai Tim. 'Un fawr hefyd.'

Roedd hi'n drwm ar flaen y wialen ond llwyddodd Gwilym i'w chael i dir. Cyn gynted ag y disgynnodd ar borfa'r lan, fe ddechreuodd wingo a phlethu a chordeddu am y brwyn a'r glaswellt, ac yn waeth na dim, am y gyt. Roedd hi'n frawychus o debyg i neidr. Doedd Gwilym ddim yn gwybod beth i'w wneud. Roedd e'n gwybod nad oedd am gydio yn y fath greadur seimllyd, nadreddog o bethau'r byd. Felly doedd e'n gwneud dim ond sefyll yno'n gwylio'r llysywen yn clymu ac yn datglymu yn y borfa.

Tim a gydiodd ynddi yn y diwedd. Ond llithrodd rhwng ei fysedd 'nôl i'r borfa mewn chwinciad.

Ond wedyn tynnodd y gyllell boced fawr allan. Rhoddodd ei droed ar ben y llysywen, ac wedi plygu'n gyflym, torrodd ei phen â'r llafn miniog. Llonyddodd y creadur rywfaint, ond roedd hi'n dal i wingo o hyd, er bod ei phen nawr wedi'i wahanu oddi wrth ei chorff.

'Mae hi'n fyw o hyd!' meddai Gwilym mewn syndod.

'Ydy. Mae'r sipsiwn yn dweud nad yw llyswennod ddim yn marw nes bydd yr haul yn machlud.' Edrychodd ar y gyt, a gwelodd ei fod wedi torri'r bachyn i ffwrdd oddi wrtho, wrth dorri pen y llysywen. Roedd y bachyn nawr ym mol y creadur.

'Dyna hi ar ben am ragor o bysgod heddi,' meddai. 'Mae'r bachyn wedi mynd.'

'O, mae'n ddrwg gen i,' meddai Gwilym. 'Allet ti ddim help.'

Tynnodd Tim y gyt yn rhydd o'r wialen a'i roi yn ei boced.

'Beth wnawn ni nawr?' gofynnodd Gwilym.

'Wyt ti ddim yn meddwl y byddan nhw'n edrych amdanat ti?' gofynnodd Tim.

'Ie – falle bod gwell i ni fynd lan . . . mae llawer o waith i'w wneud, siŵr o fod . . .'

Pennod 8

Y prynhawn hwnnw, yn syth ar ôl cinio, fe
aeth Mr Ifans, Gwilym a Megan i ffwrdd yn
y car. Roedd Mr Ifans am fynd â nhw i weld y
ddwy ysgol lle bydden nhw'n mynd i gael eu dysgu
o hynny allan. Byddai Megan yn mynd i Ysgol
Uwchradd Wern Newydd a Gwilym i ysgol fach
Glanrhyd. Doedd y naill na'r llall wedi gweld yr un
o'r ddwy ysgol eto.

Ar ôl iddyn nhw fynd aeth Mrs Ifans allan i
edrych am Tim. Roedd hi wedi penderfynu yn
ystod y nos y byddai raid iddi hi ag yntau ddod i
ddeall ei gilydd yn well. Yn un peth, doedd e ddim
yn mynd i gael cysgu rhagor yng nghwt yr hwyaid,
meddyliodd.

Gwaeddodd Mrs Ifans ar ganol y clos. 'Tim!'
Daeth yntau i'r golwg yn nrws y sgubor.

'Dewch i'r tŷ i gael eich cinio, Tim, neu fe fydd
y cyfan wedi oeri.'

Er syndod iddi fe ddaeth y bachgen heb ddadlau
dim. Roedd hi'n amlwg, meddyliodd, ei fod wedi
gweld y lleill yn mynd yn y car – a dyna pam roedd
e nawr yn dod gyda hi i'r tŷ i gael ei ginio! Roedd

arno fe ofn y lleill, neu roedden nhw'n gwneud iddo deimlo'n swil.

'Dewch mewn, Tim,' meddai'n dawel, pan gyrhaeddodd y ddau ddrws y ffermdy. Arweiniodd Mrs Ifans y ffordd i'r tŷ. Pan ddaeth i'r gegin fawr, lle roedd bwrdd hir a llestri arno, gofynnodd,

'Garech chi olchi'ch dwylo, Tim?'

'Na!" Roedd Tim yn swnio'n bendant.

Gwenodd Mrs Ifans. 'Wel, dyw pawb ddim yn golchi'u dwylo cyn bwyd, wrth gwrs. Mae llawer o ffermwyr rwy'n nabod yn gwrthod hefyd.'

'Fyddwch chi'n golchi'ch dwylo cyn bwyd?' gofynnodd Tim.

'Bydda . . . ond . . .' Gwelodd Tim yn edrych ar ei dwylo.

Daliodd ei dwy law allan iddo gael eu gweld yn iawn, a gwenodd eto. 'Ydyn nhw'n edrych yn lân?'

'Ydyn.' Yna cofiodd Tim am ei antur gyda Gwilym ar lan yr afon fach y bore hwnnw. Cydio mewn mwydod a physgodyn a llysywen. Edrychodd i lawr ar ei ddwylo ei hun. Gwelodd fod cen y pysgodyn yn loyw rhwng ei fysedd. Ond hefyd gwelodd gymaint yn fwy bawlyd oedd ei ddwylo e na dwylo Mrs Ifans.

'Wel, eisteddwch fan yma i gael eich bwyd, Tim,' meddai Mrs Ifans fel petai wedi anghofio'r cwbwl am ei ddwylo bawlyd.

'Ble alla i 'u golchi nhw?' meddai Tim yn dawel.

'O, y . . . fan'ma, os leiciwch chi.' Pwyntiodd at y lle golchi yng nghornel pella'r gegin.

Fe olchodd Tim ei ddwylo'n lân, ac yna fe gafodd ginio gan Mrs Ifans. Tra oedd e'n bwyta, roedd Mrs Ifans yn siarad o hyd . . . am Abertawe, ac am yr hyn roedden nhw'n mynd i'w wneud â'r fferm ar ôl cael y stoc a'r offer ffermio a phethau felly.

Cyn gynted ag y gorffennodd Tim ei ginio, gofynnodd Mrs Ifans iddo, 'Tim . . . y . . . ddewch chi gyda fi i'r llofft? Dwi eisie rhoi rhyw ddodrefn yn eu lle . . . ac rwy'n ofni 'mod i'n rhy wan i'w symud nhw . . .'

Cododd Tim ar unwaith. Roedd e'n teimlo'n falch ei fod yn gallu helpu rhywun oedd wedi bod mor garedig tuag ato. Aeth ar ôl Mrs Ifans i fyny'r grisiau. Ar ben y landin gallai weld pedwar neu bum drws a'r rheini ar agor bob un. Trwy'r drysau agored gallai weld gwelyau – un mawr dwbwl mewn un stafell, a dau wely llai mewn dwy stafell arall. Ond aeth Mrs Ifans ddim i mewn trwy'r un o'r drysau agored. Yn lle hynny fe aeth ymlaen i ben pella'r landin at ddrws oedd ynghau.

'Ry'n ni wedi rhoi tipyn o drefn ar y stafelloedd eraill i gyd nawr . . . ond mae hon yn anniben o hyd . . . does neb wedi cyffwrdd â hi . . .'

Agorodd y drws ac aeth trwyddo. Dilynodd Tim hi. Roedden nhw mewn stafell fach, a oedd, fel y dywedodd Mrs Ifans, yn llawn annibendod.

Edrychodd Mrs Ifans arno gan wenu. 'Mae'n anodd gwybod ble i ddechrau, on'd yw hi, Tim?'

'Y gwely?' gofynnodd Tim, wedi gweld bod gwely sengl hen ffasiwn yn ddarnau yn erbyn y wal.

'Ie, ry'ch chi'n iawn, Tim. Fe fydd raid i ni godi'r gwely'n gynta er mwyn gweld ble i roi'r pethau eraill 'ma.'

Cydiodd Tim yn nau ben haearn y gwely a'u llusgo i ganol y stafell. Wedyn aeth Mrs Ifans ati i roi'r gwaelod wrth y ddau ben, ac yna'n olaf – yn codi'r matres i ben y gwely. Ar ôl gwneud hyn fe welon nhw nad oedd llawer iawn o le ar ôl yn y stafell i fawr ddim arall. Roedd yno gwpwrdd bach a oedd yn ffitio'n iawn yn ymyl y ffenest. Roedd honno'n edrych allan ar yr ydlan wag, a draw wedyn – i lawr tua'r dyffryn a'r nant fach lle roedd Gwilym a Tim wedi bod yn pysgota y bore hwnnw.

Roedd Mrs Ifans yn hongian dau bictiwr ar hoelion a oedd yn y waliau yn barod. Edrychodd Tim ar y ddau lun. Llun mynydd oedd un, ac eira gwyn ar ei gopa. Llun ceffylau yn cael eu pedoli yn efail y gof oedd y llall. 'Pwy fydd yn cysgu yn y stafell 'ma?' gofynnodd Tim yn sydyn.

Ddywedodd Mrs Ifans ddim byd am dipyn, a syrthiodd distawrwydd rhyngddyn nhw. Trodd Tim ei ben oddi wrth y ddau ddarlun ac edrychodd i fyw llygad Mrs Ifans. Roedd honno'n codi rhai o ddillad y gwely oddi ar y llawr i'w rhoi ar y gwely.

'Chi, wrth gwrs, Tim,' meddai o'r diwedd.

'Na, fydda i ddim,' oedd ateb y bachgen ar unwaith.

Gollyngodd Mrs Ifans y flanced drwchus oedd yn ei llaw i gwympo ar y gwely.

'Tim,' ac roedd rhyw awdurdod newydd yn ei llais, 'eisteddwch fan hyn ar y gadair 'ma.' Heb yn wybod iddo'i hunan bron, eisteddodd Tim.

'Nawr,' meddai Mrs Ifans, 'mae'n hen bryd i ni'n dau ddeall ein gilydd. Os ydych chi am aros 'ma am dipyn . . . ac rwy'n hunan a 'ngŵr am i chi aros – nid am ein bod ni'n teimlo trueni drosoch chi . . . ond am fod arnon ni eisie rhywun i helpu ar y fferm – yn enwedig gyda'r merlod . . .'

'Merlod?'

'Ie, Tim, merlod. Mae fy ngŵr a finne wedi penderfynu, cyn dod yma, ein bod ni'n mynd i gadw merlod. Mae pris da ar ferlod y dyddie 'ma, Tim. Gan mai sipsi ydych chi . . . ro'n ni'n meddwl . . . wel, gan fod sipsiwn yn arfer bod yn dda gyda cheffylau . . . y gallech chi'n helpu ni ar y dechre. Wrth gwrs, pan fyddwch chi am fynd . . . fyddwn ni ddim am eich rhwystro chi.'

'Dyw sipsiwn ddim yn gallu aros mewn un man am amser hir iawn.' Roedd Tim yn ailadrodd geiriau roedd e wedi'u clywed gan ei dad-cu lawer gwaith.

'Dy'ch chi erioed wedi trio, Tim,' meddai Mrs Ifans. 'Y . . . rwy'n fodlon aros am wythnos neu ddwy . . . y . . . am fis efalle . . . dwi ddim wedi trefnu pethe 'to. Rwy'n fodlon gweithio . . . yn fodlon eich helpu chi . . . i dalu am fod y gaseg a'r ebol a finne . . . fydda i ddim eisie dim arian . . .'

Gwenodd Mrs Ifans. 'Wel, ardderchog, Tim. Fe gewch chi'r stafell yma . . .'

'Na. Fydda i ddim yn cymryd y stafell. Maen well gen i . . .'

Torrodd Mrs Ifans ar ei draws. 'Tim!' meddai, ac roedd ei llais wedi newid i gyd. 'Fi yw'r feistres ar fferm Dôl Nant, ac os y'ch chi am aros 'ma, fe fydd raid i chi wrando arna i – fel y bydd Megan a Gwilym yn gorfod gwneud.'

'Fydda i ddim yn cysgu yn y tŷ,' meddai Tim ar ei thraws, yn styfnig.

'O!' meddai Mrs Ifans, ac roedd ei llais wedi newid eto. Nawr roedd hi'n swnio'n drist.

'O, wel, Tim, os taw fel'na y'ch chi'n teimlo, does dim rhagor i'w ddweud. Alla i ddim gwneud i chi gysgu fan yma, mae'n debyg.'

'Na, fe gysga i yn y cwt hwyed . . .'

Ysgydwodd Mrs Ifans ei phen. 'Na, mae'n ddrwg gen i, Tim, ond chewch chi ddim cysgu yn y cwt hwyed.'

'Wel, yn y sgubor 'te,' meddai Tim.

Ysgydwodd Mrs Ifans ei phen eto. 'Hon yw stafell y gwas. Hon sy wedi arfer bod. Os y'ch chi'n fodlon aros 'ma fel gwas am dipyn, ac ro'n i wedi gobeithio y byddech chi'n cytuno . . . wel . . . fe

75

fydd raid i chi gymryd y stafell 'ma. Rwy wedi dweud wrth Tom — fy ngŵr — am brynu cloeon newydd ar ddrws y sgubor a drws y cwt hwyed. Fe fydd y ddau le ynghlo heno.'

Cododd Tim oddi ar y gadair ac aeth am y drws.

'Un peth arall, Tim,' meddai Mrs Ifans, cyn iddo fynd trwy'r drws. Stopiodd yntau, heb droi i edrych arni.

'Mae'r stafell molchi ym mhen pella'r landin fan'na, ac mae digon o ddŵr twym yn y tanc. Ewch i gael bath, ac fe fydd gen i ddillad glân i chi erbyn dewch chi'n ôl.'

Aeth Tim allan gan dynnu'r drws yn galed ar ei ôl. Cerddodd ar draws y landin at ben y grisiau. Yna stopiodd yn stond, a'i galon yn curo'n gyflym. Byw mewn tŷ? Mynd i gael bath? Sipsi fel fe? Roedd hi'n wallgof. Roedd hi wedi siarad ag e fel — fel petai'n fam iddo! Fel pe bai'n siarad â Gwilym! Ond doedd ganddi hi ddim hawl i siarad fel'na ag e. Fe fyddai raid iddo fynd nawr, wrth gwrs. Fedrai e ddim aros rhagor yn y lle yma. Ond y gaseg a'r ebol bach? Beth amdanyn nhw? A ble roedd e'n mynd i gysgu ar ôl gadael Dôl Nant? Ac roedd hi wedi gofyn iddo aros i helpu gyda'r merlod, ac roedd yntau wedi addo . . . ond roedd hynny cyn iddi ddechre rhoi orders iddo . . . fel pe bai'n fam iddo . . .!

Trodd oddi wrth ben y grisiau a mynd am y stafell molchi ym mhen draw'r landin.

Pan agorodd Mrs Ifans ddrws y stafell fach arall ym mhen pella'r landin clywodd sŵn dŵr yn rhedeg yn y stafell molchi. Gwenodd yn fodlon wrthi'i hunan. Wedyn aeth i mewn i stafell Gwilym.

Cyn tynnu'i ddillad bawlyd, fe osododd Tim gadair yn erbyn drws y stafell molchi i ofalu na allai neb ddod i mewn. Ond wedyn gwelodd fod bollt ar y drws, a thynnodd y gadair i ffwrdd ar ôl gwthio'r bolt i'w lle. Nawr roedd y ddau dap dŵr yn rhedeg gyda'i gilydd a'r bath yn llenwi'n gyflym. Dechreuodd daflu'i ddillad i'r llawr fesul un. Roedd arogl chwys a mwg arnyn nhw bob un. Ai dyna pam roedd Megan yn edrych mor wawdlyd arno? Beth oedd hi wedi'i ddweud: '. . . digon glân i sipsiwn?' Edrychodd i lawr ar ei draed noeth. Oedden, roedden nhw'n ddu, bron! Mor wahanol i ddwylo Mrs Ifans!

Cododd un goes dros ymyl y bath a'i rhoi yn y dŵr. Ond tynnodd hi allan mewn chwinciad. Roedd y dŵr yn rhy boeth! Trodd y tap poeth i ffwrdd a gadawodd i'r dŵr oer yn unig redeg i mewn i'r bath.

Roedd y dŵr yn rhy oer pan roddodd ei droed i mewn yr ail dro. Fe ddechreuodd deimlo'n ddig iawn. Fyddai dim yn well ganddo na chael dianc o'r stafell molchi'r funud honno. Ond edrychodd eto ar ei draed budr, a throi'r tap dŵr twym ymlaen eto. Nawr safodd yn y bath yn disgwyl i'r dŵr ddod yn ddigon cynnes. Gwelodd y darn mwyaf o sebon a welodd yn ei fywyd ar ymyl y bath gwyn. Un pinc oedd e ac arogl hyfryd arno. Rhoddodd y sebon i mewn yn y bath a gwyliodd e'n suddo i'r gwaelod.

Yna teimlodd y dŵr yn cynhesu a throdd y tap dŵr poeth i ffwrdd. Dyna pryd y rhoddodd ei droed yn ddamweiniol ar y talp gwlyb o sebon yng ngwaelod y bath. Llithrodd ei droed, a'r eiliad nesaf roedd dros ei ben yn y dŵr cynnes. Pan lwyddodd i gael ei ben uwchlaw'r dŵr eto fe ddechreuodd rwbio'i lygaid i gael ei olwg 'nôl. Dechreuodd beswch hefyd oherwydd roedd e wedi llyncu tipyn o'r dŵr.

Ond wedyn fe ddechreuodd deimlo'n hyfryd iawn. Gorweddodd 'nôl a'i ben uwchlaw'r wyneb gan adael i'r dŵr cynnes ei gofleidio.

O'r wardrob fawr yn stafell Gwilym tynnodd Mrs Ifans siaced o frethyn llwyd. Cot Gwilym oedd hi, ac er bod hwnnw bedair blynedd yn iau na Tim, doedd fawr iawn o wahaniaeth yn eu maint. Roedd Tim dipyn yn fach o'i oed a Gwilym dipyn yn fawr. Yng ngwaelod y wardrob daeth o hyd i drowsus pen-glin o'r un lliw.

'Hym,' meddai Mrs Ifans wrthi'i hunan. 'Fe wna'r rhain y tro'n iawn iddo. Ond does yma ddim siwmper na gwasgod na dim ac fe fydd y tywydd yn oeri nawr . . .'

Aeth allan o stafell Gwilym ac i mewn i stafell ei merch. Agorodd ddror y cwpwrdd bach yn ymyl y wardrob yn stafell Megan. Yn hwnnw roedd yna saith neu wyth siwmper, rhai'n hen a rhai'n newydd. Tynnodd un o'r rhai hynaf allan – un goch, ac aeth 'nôl i'r stafell fach ym mhen pella'r landin.

Pan ddaeth Tim o'r stafell molchi ymhen hir a hwyr roedd Mrs Ifans wedi mynd i lawr y grisiau ers amser. Aeth y bachgen i mewn i'w stafell. Gwelodd fod y gwely'n daclus a'r dodrefn wedi'u rhoi mewn trefn. Ar y gwely gwelodd y dillad glân. Gadawodd i'w ddillad budr, carpiog ei hun gwympo i'r llawr a dechreuodd wisgo'r dillad eraill. Sylwodd fod rhyw arogl hyfryd ar y siwmper. Wedyn eisteddodd ar y gwely a dechrau symud pethau o bocedi ei hen ddillad i'r dillad oedd amdano.

Pan ddaeth at waled fawr ei dad-cu agorodd hi unwaith eto. Tynnodd y sofrins melyn ohoni a'u rhoi yn ei boced. Efallai mai'r peth gorau i'w wneud â nhw fyddai'u rhoi i Mrs Ifans i'w cadw ar ei ran. Tynnodd y bachau pysgota a'r gyt a rhyw fân bethau eraill a'u rhoi ym mhocedi'r siaced oedd amdano. Wedyn cododd a mynd at y cwpwrdd bach yn ymyl y ffenest. Agorodd ddror bychan yn hwnnw a rhoi'r waled i mewn ynddo.

'Tim!' Llais Mrs Ifans y tu allan.

'Ie?'

'Rwy i am i chi drio'r sgidie 'ma i weld a ydyn nhw'n eich ffitio chi.'

Yna clywodd y sipsi sŵn ei thraed yn mynd i lawr y grisiau.

Pennod 9

Yn y prynhawn aeth Tim at lan yr afon i ddod
â'r gaseg a'r ebol i fyny i'r cae bach yn ymyl
y tŷ. Roedd Mrs Ifans yn teimlo y bydden nhw'n
fwy diogel yno. Cafodd drafferth i gael yr ebol
bach i ddringo'r llethr serth, ac roedd hi'n amser te
cyn iddo gael y ddau i'r cae dan y tŷ.

Ar ôl cau'r glwyd yn ddiogel arnyn nhw, aeth
Tim am y tŷ. Doedd car Mr Ifans ddim 'nôl eto.
Ond yn pwyso yn erbyn wal y tŷ roedd beic. Roedd
rhywun wedi galw i weld Mrs Ifans, meddyliodd.
Safodd yn y drws i wrando. Gallai glywed llais cryf
dyn yr ochr arall i ddrws y gegin. Aeth yn ddistaw
bach yn nes a phlygu'i ben i wrando wrth dwll y
do. Clywodd lais Mrs Ifans.

'Ond Sarjiant, dwi ddim yn mynd i adael i chi
fynd ag e o 'ma.'

Sarjiant! Yr heddlu? Teimlodd Tim ias yn mynd
trwyddo. Clywodd y dyn yn peswch yn bwysig.

'Ond mae'n rhaid iddo ddod i'r stesion i gael ei
holi, Mrs Ifans.'

'Ond dyw e ddim wedi torri'r gyfraith . . .'

'Torri'r gyfraith! Nawr, Mrs Ifans, mae 'na

garafán wedi llosgi lawr ar y comin – wedi llosgi a rhywun ynddi . . . ac mae Mari Meredith – hen wraig o'r pentre – wedi gweld bachgen a chaseg ac ebol yn gadael y comin! Mae rhaid i ni gael gwbod beth sy wedi digwydd!'

'Ie, rwy'n deall hynny, Sarjiant. Wel, mae'r bachgen 'ma. Tim yw 'i enw fe, ac mae'r gaseg a'r ebol 'ma hefyd. Fe fydd e 'nôl nawr yn y funud . . . fe gaiff e ddod gyda chi wedyn, ond . . .'

Roedd calon Tim yn curo fel morthwyl. Roedd yr heddlu ar ei ôl. Arhosodd e ddim i glywed dim yn rhagor. Roedd rhaid iddo ddianc! Dim ond am hynny y gallai e feddwl y foment honno. Ac roedd Mrs Ifans wedi'i fradychu i'r sarjiant! Roedd hi wedi cytuno â'r heddlu. Rhaid ei fod wedi gwneud rhywbeth difrifol pan losgodd y garafán. Rhaid ei fod wedi torri'r gyfraith yn ddrwg iawn, meddyliodd yn wyllt. Clywodd sŵn car yn dod i lawr y lôn. Gwelodd Forris Oxford Mr Ifans yn dod yn gyflym am y clos. Rhaid bod Mrs Ifans a'r sarjiant wedi clywed sŵn y car hefyd, oherwydd yr eiliad nesaf agorodd drws y gegin a daeth y ddau allan.

Dechreuodd Tim redeg.

Roedd Megan a Gwilym wedi disgyn o'r car pan welon nhw Tim yn mynd heibio iddyn nhw nerth ei draed.

'Hei, aros, y gwalch! Aros!' Sylweddolodd Tim mai'r sarjiant oedd yn gweiddi arno. Ond roedd e wedi cyrraedd y lôn erbyn hynny a wnaeth llais sarrug y sarjiant ond gwneud iddo redeg yn gyflymach.

'Daliwch e! Daliwch e!' Cydiodd y sarjiant yn ei feic a cheisio neidio ar ei gefn. Fe lwyddodd hefyd ond roedd clos y fferm mor anwastad nes iddo orfod disgyn wedyn ar unwaith.

'Tim! Tim!' Llais tenau Mrs Ifans – y wraig a oedd wedi esgus bod yn garedig tuag ato – ond a oedd yn barod i'w fradychu i'r heddlu.

'Beth sy'n bod 'ma?' gofynnodd Mr Ifans, ar ôl dod allan o'r car. Roedd Tim wedi diflannu erbyn hynny.

'Mae'r gwalch bach 'na wedi dianc,' meddai'r sarjiant. 'Mae'r euog yn ffoi heb ei erlid. Mae'r sipsiwn 'ma'n achosi mwy o drwbwl na neb yn y wlad. Maen nhw'n lladron i gyd, Mr Ifans, ac mae rhai ohonyn nhw'n haeddu cael 'u cosbi.'

'Mami,' meddai Megan, 'roedd e'n gwisgo fy siwmper i! Mae e wedi dwyn fy siwmper i!'

'Ydy hynna'n wir, Mrs Ifans?' gofynnodd y sarjiant.

'Na, na, dim o gwbwl. Fi roddodd yr hen siwmper iddo fe.'

'Rhaid i fi fynd ar 'i ôl e, bobol,' meddai'r sarjiant. 'Fe wna i ddod o hyd iddo fe, gewch chi weld.'

Ond ddaeth proffwydoliaeth y sarjiant ddim yn wir. Fe aeth amser maith heibio cyn y gwelodd y plisman na theulu Dôl Nant Tim, y sipsi, eto.

Pennod 10

Aeth yr wythnosau heibio o un i un, ond doedd dim sôn am Tim yn un man. Chwiliodd y sarjiant yn ddyfal amdano ar gefn ei feic, ac fe holodd lawer o bobol. Ond doedd neb wedi'i weld. Anfonodd y sarjiant negeseuon i'r pentrefi cyfagos i ofyn i blismyn eraill gadw'u llygaid ar agor am sipsi bach tua thair ar ddeg oed mewn siwmper goch. Ond ddaeth ddim byd o hynny chwaith.

Erbyn hyn roedd y gaeaf wedi dod i Sir Benfro a'r tywydd wedi troi'n oer iawn. Roedd Megan a Gwilym yn mynd i'r ysgol bob dydd serch hynny, ac roedd rhaid i Tom Ifans a'i wraig wneud gwaith y fferm ar waetha'r oerfel.

Yn aml iawn gyda'r nos, pan fyddai'r teulu'n eistedd o flaen y tân coed mawr yng nghegin Dôl Nant, bydden nhw'n ceisio dyfalu ble roedd Tim a beth oedd wedi digwydd iddo.

Yna roedd y Nadolig wedi dod – a mynd. Cyn diwedd Ionawr y flwyddyn honno roedd yr eira wedi disgyn yn lluwchfeydd dros bob man, fel na allai neb deithio ar yr heolydd, ac arhosodd ar lawr nes oedd hi'n ganol Chwefror. Ond wedyn roedd yr hin wedi cynhesu'n sydyn, a'r gwanwyn wedi dod yn gynnar.

Lawer noson yn ystod y gaeaf a'r gwanwyn hwnnw, cyn mynd i'r tŷ am swper, byddai Gwilym yn rhoi cip fach slei yng nghwt yr hwyaid – y twll bach hwnnw o dan risiau'r storws, lle roedd e wedi gweld Tim gyntaf erioed. Ond, wrth gwrs, roedd y lle'n wag bob tro.

Roedd hi'n fis Mai, a llygaid y dydd yn wyn dros y caeau i gyd, pan fu farw'r hen gaseg. Un funud roedd hi'n pori'n dawel yn y cae gyda'r ebol, a'r funud nesaf, roedd hi wedi gorwedd i lawr, ac wedi marw – yn ddistaw a heb wneud unrhyw sŵn na chyffro o gwbwl. Ond er iddi fynd mor dawel, roedd ei marw'n gryn sioc i deulu Dôl Nant. Cafodd twll anferth ei dorri yng nghornel y cae i wneud bedd iddi, a daeth tri dyn cryf o'r pentre i'w helpu i gael corff trwm y gaseg i mewn i'r bedd. Fe deimlodd Gwilym lwmp yn ei wddf wrth weld y dynion yn taflu'r pridd coch yn ôl i gau'r bedd.

Digon anesmwyth fuodd yr ebol, a oedd erbyn hyn wedi tyfu'n greadur ifanc, hardd dros ben, ar ôl colli'i fam. Fe geisiodd fynd dros ben clawdd allan o'r cae unig fwy nag unwaith. Allai e ddim deall sut iddo gael ei adael wrtho'i hunan mor sydyn. Yn aml iawn y dyddiau hynny byddai Megan yn mynd i'r cae ato ar ôl dod adre o'r ysgol. Byddai'n siarad ag e a rhoi talpiau o siwgwr melys iddo, a byddai'r ebol yn rhwbio'i drwyn melfed yn ei boch yn aml. O'r amser hwnnw ymlaen daeth y ddau'n ffrindiau mawr iawn. Ambell waith pan fyddai'r ebol yn dod i'r clos, fe fyddai'n dilyn Megan o gwmpas y lle. Ac roedd yr eneth wedi dotio arno'n llwyr. Gwenodd Tom Ifans droeon wrth weld y creadur yn dod i fwlch y cae-dan-tŷ erbyn chwarter wedi pedwar bron bob dydd – roedd e wedi deall fod Megan yn dod o'r ysgol bryd hynny!

Ond byddai Mrs Ifans yn ysgwyd ei phen wrth weld bod ei merch wedi serchu cymaint yn yr ebol. Sut byddai hi petai Tim yn dod 'nôl i'w hawlio? Roedd hi'n ofni y byddai Megan yn torri'i chalon pe bai'n gorfod madael ag e. Erbyn hyn roedd gwas newydd yn Nôl Nant – Gwyddel bach, byr o'r enw John Berry. Roedd e'n cysgu yn y stafell fach honno roedd Mrs Ifans wedi bwriadu i Tim ei chael. Wrth baratoi'r stafell i'r gwas newydd roedd hi wedi edrych yn nror y cwpwrdd bach yn ymyl y ffenest, a darganfod y waled. Eisteddodd ar y gwely ac edrych y tu mewn iddi. Gwelodd yr amlen wedi'i phlygu a'i selio, a'r wats aur fach honno a'r sgrifen – 'Oddi wrth W.P. i S.B.' Gofynnodd iddi'i hunan a ddylai hi agor yr amlen?

Ond roedd hi'n gwybod nad oedd ganddi hawl i wneud hynny. Wedi chwilio perfeddion yr hen waled daeth Mrs Ifans o hyd i rywbeth na welodd Tim pan edrychodd e – sef modrwy aur, gostus. Modrwy briodas! Priodas pwy? Sara Boswel?

Rhaid mai Sara Boswel oedd yr S.B. ar y wats, meddyliodd. Ysgydwodd ei phen. A allai hi ddod i wybod y cwbwl pe bai hi'n agor yr amlen?

Wel, meddyliodd wedyn, byddai raid aros nes i Tim ddod 'nôl. Roedd Mrs Ifans yn teimlo'n siŵr y byddai Tim yn dod 'nôl ryw ddiwrnod i mofyn yr ebol – a'r waled. Yna roedd yr haf wedi dod ar eu pennau ac fe ddechreuodd cyfnod o brysurdeb mawr ar y fferm. Daeth yn amser lladd gwair a'i gywain. A'r haf hwnnw, digon anodd oedd y gwaith o gael y gwair yn sych i'r ydlan, oherwydd i'r tywydd fod yn wlyb trwy fis Mehefin a mis Gorffennaf.

Roedd hi'n fis Medi pan ddaeth y dyn dieithr hwnnw i Ddôl Nant i holi am Tim Boswel.

Roedd Tom Ifans allan yn y caeau a'r plant yn yr ysgol, a dim ond Mrs Ifans oedd yn y tŷ. Roedd hi ar ei phenliniau'n golchi'r llawr pan glywodd gnoc ar y drws. Cododd ar ei thraed a thynnu'i ffedog sach; yna aeth i agor y drws.

Yno roedd dyn tal, tenau'n sefyll, a'i wyneb yn rhychau bach i gyd, er nad oedd yn hen chwaith. Gwisgai gap brethyn am ei ben, a dillad dyn tref. Roedd sigarét lipa'n hongian rhwng ei wefusau, a'i mwg yn dringo heibio i'w lygad de, nes oedd hwnnw bron ynghau. Roedd hynny'n gwneud iddo edrych fel pe bai'n wincio ar Mrs Ifans.

'Mrs . . . y . . . Ifans?' meddai, gan gyffwrdd â phig ei gap.

'Ie, fi yw Mrs Ifans.'

'A!' Tynnodd ei sigarét o'i geg.

'Os taw wedi dod i werthu rhywbeth – hadau neu rywbeth fel'na . . .'

'Na, na, Mrs Ifans, nid gwerthu ydw i. Dic Harding ydw i, madam . . . y . . . y . . . ditectif.'

Ditectif! Teimlodd Mrs Ifans fel pe bai ei chalon wedi aros am foment.

'O ie . . . ' meddai ymhen tipyn.

'Rwy wedi galw i geisio cael tipyn o wybodaeth, madam.'

'Ie, ond Mr Harding, rwy'n methu'n lân â gweld pa wybodaeth y galla i roi i chi . . . '

'Tim Boswel, madam. Rwy wedi dod i holi hanes sipsi o'r enw Tim Boswel.'

A! meddyliodd Mrs Ifans, roedd rhywun wedi dod o'r diwedd – ditectif – i holi hanes Tim. A oedd e wedi gwneud rhyw ddrwg newydd?

'Pam mae'r heddlu'n holi hanes Tim?' gofynnodd.

'Nid yr heddlu'n hollol, madam. Ditectif preifat ydw i.' Tynnodd gerdyn bach o'i boced a'i estyn i Mrs Ifans. Darllenodd hithau'r geiriau ar y cerdyn: Dick Harding, Private Investigator, 14 Church Street, Tenby.

'Gwell i chi ddod i mewn, Mr Harding,' meddai wedyn. Dilynodd y ditectif hi i'r tŷ.

'Eisteddwch,' meddai, gan bwyntio at gadair yn ymyl y lle tân. 'Wel nawr 'te,' meddai, ar ôl ei weld yn eistedd yn gyfforddus, 'pam ry'ch chi'n holi ynglŷn â Tim Boswel?'

'Rwy'n holi ar ran cleient, Mrs Ifans – un na fedra i ddim datgelu 'i enw fe ar hyn o bryd!'

'O?' Roedd Mrs Ifans mewn penbleth. Pwy allai fod yn fodlon talu ditectif am holi hanes Tim y sipsi? Penderfynodd fod yn ofalus beth roedd hi'n ddweud wrth y dyn yma.

'Rwy'n deall, madam, 'i fod e wedi bod gyda chi yma am gyfnod . . .?' meddai'r ditectif.

Ysgydwodd Mrs Ifans ei phen. 'Am ddiwrnod, fisoedd yn ôl. Fuodd e ddim yn cysgu yn ein tŷ ni o gwbwl.' (Y funud honno cofiodd iddo gysgu yng nghwt yr hwyaid, serch hynny!)

'A! Ble mae e nawr, Mrs Ifans?' Yn sydyn roedd y ditectif wedi sefyll i fyny'n syth ac edrych i fyw ei llygaid.

'Does gen i ddim syniad,' atebodd hithau ar unwaith. Roedd hynny'n wir beth bynnag, meddyliodd.

'Ydy hi'n wir 'i fod e wedi dwyn siwmper eich merch, Mrs Ifans?'

'Na, dyw hynny ddim yn wir!' Roedd hi'n ffyrnig o flin. 'Pwy ddwedodd y fath stori wrthoch chi, Mr Harding?'

'Sarjiant Watkins o'r pentre.'

'Mae e'n dweud celwydd. Fi roddodd y siwmper i Tim.'

'O? Ddygodd e ddim byd oddi wrthoch chi?'

'Dim byd o gwbwl. Wnaeth e ddim un drwg tra buodd e 'ma. Pe bai e wedi dewis, fe alle fod gyda ni yma o hyd. Fe ofynnes i iddo aros 'ma.'

Cododd y ditectif oddi ar ei gadair a dechrau cerdded o gwmpas y gegin.

'Ddwedodd e dipyn o hanes 'i deulu wrthoch chi, Mrs Ifans?' gofynnodd, gan stopio'n stond ar ganol y llawr.

'Wel, fe ddwedodd pwy oedd 'i fam a'i dad-cu.'

'A'i dad, madam? Ddwedodd e pwy oedd 'i dad?'

Plygodd ymlaen yn eiddgar wrth ofyn y cwestiwn hwn.

Ysgydwodd Mrs Ifans ei phen. 'Na, ddwedodd e ddim gair am 'i dad. Ro'n i'n nabod 'i fam slawer dydd, pan o'n i'n ferch ifanc yn Sir Benfro 'ma . . . Sara Boswel . . . merch hardd iawn oedd hi . . . ond mae wedi marw . . .'

'Rwy'n gwybod hynny, Mrs Ifans.' Dechreuodd y ditectif gerdded o gwmpas unwaith eto. Yna stopiodd yn sydyn, a throi at Mrs Ifans.

'Mrs Ifans,' meddai, 'rwy'n edrych am waled. Mae Sarjiant Watkins yn dweud 'i bod hi wedi llosgi, mwy na thebyg, pan losgwyd y garafán ar y comin, pan fuodd yr hen Alff Boswel farw. Y'ch chi'n . . . y . . . y'ch chi wedi gweld y waled?'

Unwaith eto teimlodd Mrs Ifans fel petai ei chalon wedi stopio. Y waled!

Roedd yna ddistawrwydd hir, a'r ditectif yn ei

gwylio fel barcud. A oedd hi'n mynd i ddweud wrth y dyn yma fod y waled ganddi? A ddylai hi ei dangos iddo? Yn wir, a ddylai hi ei rhoi iddo?

'Mae hi gyda chi, on'd yw hi, Mrs Ifans?' meddai'r ditectif yn dawel.

Ysgydwodd Mrs Ifans ei phen mewn penbleth. Beth oedd orau i'w wneud er lles Tim Boswel? Yna, fel pe bai wedi darllen ei meddwl, dywedodd y ditectif, 'Er lles y bachgen, rwy am gael y waled 'na, Mrs Ifans.'

Yna, gwnaeth Mrs Ifans benderfyniad.

'Na,' meddai, 'dyw'r waled yna ddim yn cael mynd i ddwylo neb ond i ddwylo Tim Boswel.'

'A! Mae hi gyda chi felly!' Gwelodd Mrs Ifans ei bod wedi rhoi'r gyfrinach iddo heb yn wybod iddi'i hunan. Safodd y ditectif o'i blaen.

'Mae Tim am i mi fynd â'r waled iddo fe,' meddai. Edrychodd Mrs Ifans ar ei wyneb. Roedd e'n gwenu arni.

'Ydy Tim wedi dweud? Wel, os felly . . .' Cododd ar ei thraed a mynd am y drws oedd yn arwain i'r llofft. Yna stopiodd yn sydyn. Roedd syniad wedi taro yn ei phen. Funud yn ôl doedd y ditectif ddim yn siŵr a oedd y waled ganddi. Yn wir, roedd e'n meddwl efallai ei bod hi wedi llosgi yn y garafán. Sut oedd e'n gallu dweud felly ei fod wedi dod oddi wrth Tim, ac wedi cael gorchymyn ganddo i gymryd y waled? Roedd e'n dweud celwydd! Roedd e'n gwybod yn ei hesgyrn ei fod yn dweud celwydd! Nid wedi dod oddi wrth Tim roedd y dyn yma, neu fe fyddai'n gwybod mwy o'i hanes ac o hanes y waled.

Trodd yn ôl o'r drws. 'Na, Mr Harding, fel rwy wedi dweud yn barod, fe gadwa i'r waled nes daw Tim 'i hunan i'w mofyn hi.'

'Dewch â hi i fi, neu fe rodda i'r gyfraith arnoch chi!'

'Gwnewch chi fel y mynnoch chi, Mr Harding. Mae Mr Ifans, 'y ngŵr i, yn gyfreithiwr. Fe fydd e 'ma am 'i de cyn hir nawr, ac fe gaiff e siarad â chi.'

Gwelodd y ditectif ei bod yn benderfynol. Ond gwnaeth un ymdrech arall serch hynny.

'Er mwyn Tim, Mrs Ifans, dewch â'r waled i fi.' Estynnodd ei law allan wrth ddweud hyn.

'Mae'n ddrwg gen i. Dewch chi â Tim yma. Eisteddwch, Mr Harding, fe fydd 'y ngŵr yma nawr . . .'

Ond roedd y ditectif wedi mynd am y drws agored. 'Fe fydda i'n ôl, madam,' gwaeddodd o'r drws, 'fe fydda i'n ôl â gwarant . . .'

Yna roedd e wedi brasgamu ar draws y clos ac i fyny'r lôn fel milgi.

Pennod 11

Ond beth oedd wedi digwydd i Tim Boswel? Ar ôl dianc i fyny'r lôn o Ddôl Nant, roedd e wedi mynd nerth ei draed trwy'r pentre ac allan i'r ffordd fawr, agored. O'i flaen gallai weld mynyddoedd Preseli yn ddu ar draws yr awyr. Pe bai'n gallu cyrraedd y mynyddoedd fe fyddai siawns dda ganddo i ymguddio nes byddai'r heddlu wedi anghofio amdano.

Gan ei fod allan o wynt, buodd raid iddo gerdded yn lle rhedeg. A dyna pryd y stopiodd y lorri fawr honno yn ei ymyl.

Meddyliodd yn siŵr ei fod wedi cael ei ddal. Fyddai gyrwyr lorïau byth yn cynnig lifft i blant sipsiwn, nac i sipsiwn chwaith.

Ond clywodd lais yn gweiddi arno. 'Wel, wyt ti am lifft neu nag wyt ti?'

Trodd Tim ei ben a gweld dyn tew wrth olwyn y lorri yn gwenu arno. Y foment honno sylweddolodd Tim nad oedd yn edrych fel sipsi o gwbwl yn y dillad roedd Mrs Ifans wedi'u rhoi iddo. Dringodd i fyny'r ddwy ris ac i'r sedd flaen yn ymyl y gyrrwr.

'I ble?' gofynnodd hwnnw.

'Y . . . Rhos Goch,' atebodd Tim ar amrantiad. Roedd e wedi cofio mewn pryd fod yna bentre Rhos Goch, a hefyd comin Rhos Goch, lle byddai llawer o sipsiwn yn crynhoi.

'A! Rwyt ti'n lwcus – rwy'n mynd trwy bentre Rhos Goch,' meddai'r gyrrwr.

'Diolch yn fawr,' meddai Tim.

Roedd hi'n dechrau nosi pan stopiodd y lorri fawr i Tim gael disgyn ym mhentre tawel Rhos Goch. Ar ôl gweld y lorri'n diflannu heibio i'r tro, cerddodd yn ei flaen i gyfeiriad y comin a oedd rhyw hanner milltir y tu allan i'r pentre.

Cyn hir gallai weld golau cochlyd tanau ar y comin. Roed sipsiwn yno beth bynnag, fwy nag un teulu ohonyn nhw, efallai, meddyliodd.

Mewn dim o dro roedd Tim ar y comin, ac roedd arogl y mwg a'r ceffylau a swper y sipsiwn yn ei ffroenau. Teimlai fel pe bai wedi dod adre ar ôl bod i ffwrdd am amser hir.

Y cyntaf a welodd ar ôl cyrraedd oedd hen wraig gam a oedd yn eistedd ar ei phen ei hunan wrth dipyn o dân eithin. Roedd hi'n smocio pibell glai ac yn edrych yn freuddwydiol i'r fflamau.

Sylweddolodd Tim pwy oedd hi ar unwaith. Yr hen Edith Lovell, neu Edith Muir, i roi'i henw iawn iddi, gan ei bod wedi priodi Albanwr o'r enw Duncan Muir. Roedd Edith yn hanner chwaer i fam-gu Tim Boswel, a chofiodd y bachgen y funud honno ei fod wedi cael ei ddysgu i alw 'Anti' arni. Cofiodd hefyd iddi ddangos llawer o garedigrwydd tuag ato e a'i dad-cu pan ddigwydden nhw aros ar yr un comin.

Safodd Tim yn y cysgodion am dipyn, cyn mentro ymlaen ati. Ble roedd yr hen Duncan, tybed? Roedd ofn y creadur hwnnw arno. Nid un o deulu'r sipsiwn oedd Duncan Muir o gwbwl. O na, un o'r 'bobol tai' oedd e. Roedd e'n deiliwr da dros ben, a phe bai wedi dewis gallai fod wedi dilyn y grefft honno a byw'n gyfforddus mewn tŷ yn rhywle. Ond roedd e wedi cyfarfod ag Edith Lovell, pan oedd honno'n un o ferched harddaf teulu'r sipsiwn, ac roedd e wedi'i charu a'i phriodi – er gwell neu er gwaeth. A byth er hynny, ar hyd y blynyddoedd, buodd y ddau'n cweryla ac ymladd a'i gilydd. Yn aml iawn fe fyddai Duncan yn ei gadael ac yn mynd i ffwrdd am wythnosau neu fisoedd i deilwra. Bryd hynny byddai'n cysgu mewn tai ac yn gwisgo'n ddigon parchus. Ond ar ôl bod wrthi'n ddiwyd am dipyn, byddai'r awydd am gwrw'n cael gafael ynddo. Byddai'n dechrau yfed yn drwm wedyn, a meddwi a chweryla a phawb, nes byddai'r arian a gafodd am deilwra wedi mynd i gyd. Yna byddai'n cychwyn ar ôl y garafán ac yn dod 'nôl at ei wraig. Doedd y sipsiwn ddim yn hoffi Duncan o gwbwl; efallai am nad oedd e'n sipsi nac un o'r bobol tai. Efallai eu bod yn ddig wrtho hefyd am ei fod yn greulon tuag at Edith ei wraig.

Camodd Tim ymlaen ar draws mwsog meddal y comin.

'Helô, Anti Edith,' meddai'n ddistaw. Cododd yr hen wraig ei phen a thynnu'r bibell o'i cheg.

'Pwy . . .?' Fe geisiodd syllu trwy'r hanner tywyllwch.

'Tim Boswel, Anti Edith,' atebodd Tim, gan eistedd wrth y tân yn ei hymyl.

'Tim! Welais i ddim mo'r garafán yn cyrraedd.'

'Does dim carafán, Anti Edith. Mae 'nhad-cu wedi marw.'

Teimlodd law'r hen wraig ar ei ysgwydd. Yna adroddodd yr hanes i gyd wrthi. Pan ddaeth i'r rhan o'r hanes oedd yn sôn am losgi'r garafán, dywedodd yr hen wraig, gan siglo'i phen i fyny ac i lawr fel pendil cloc, 'Fe wnest ti'n iawn, Tim. Do, fe wnest ti'n iawn.'

Pan ddaeth at yr hanes am y sarjiant yn dod ar ei ôl, gwnaeth yr hen wraig sŵn yn ei gwddf.

'Ach! Yr heddlu! Paid â phoeni, fe ofala i amdanat ti.'

'Chi, Anti Edith? Ond beth am Duncan 'te?'

Unwaith eto cydiodd llaw'r hen wraig yn ei ysgwydd. 'Mae e wedi mynd, Tim,' meddai.

''To?' gofynnodd Tim.

'Na, Tim, mae e wedi mynd o ddifri'r tro 'ma.'

'O ddifri?'

'Ie. Mae e wedi bod i ffwrdd ers dros chwe mis. Fuodd e ddim mor hir â hynna erioed o'r bla'n. Fe gafodd lythyr o Glasgow . . . fod 'i frawd, 'i unig frawd, wedi marw . . . a dyma fe'n mynd . . . fe gynigiais i fynd gydag e yn y garafán . . . ond fe ddwedodd na fydden ni byth yn cyrraedd erbyn yr angladd yn y garafán . . . oedd yn wir, wrth gwrs. Ond rwy'n gwbod erbyn hyn na ddaw e byth 'nôl . . . hen lanc o deiliwr oedd 'i frawd, ac roedd 'na dipyn o arian ar 'i ôl e, mae'n debyg, Tim. Wel, os caiff Duncan 'i ddwylo arno, fydd e ddim yn hir yn ei wario ar gwrw. Fe garwn i fynd i'r Alban, Tim, i weld be sy wedi digwydd iddo . . .'

Roedd llais yr hen wraig yn drist. Plygodd i daflu rhagor o fonion eithin ar y tân.

'Pam nad ewch chi 'te, Anti Edith?'

Ysgydwodd yr hen wraig ei phen. 'Mae'n rhy bell i hen wraig fel fi fentro . . . na, rhaid i fi beidio â chrwydro 'mhell iawn o Sir Benfro mwy, Tim.'

'Alla i ddod gyda chi, Anti Edith,' cynigiodd Tim.

Edrychodd yr hen wraig yn syn amo. Yng ngolau'r fflamau gallai Tim weld ei hwyneb yn glir. Roedd ei llygaid duon yn disgleirio ac roedd gwên fach yn chwarae o gwmpas ei gwefusau.

'Wnei di wir, Tim?' meddai'n feddylgar. 'Ie, dyna be wnawn ni, fachgen — fe awn ni i edrych am Duncan! Fydda i ddim yn gallu bod yn dawel nes bydda i'n gwbod be sy wedi dod ohono fe — yr hen fochyn meddw!'

Y noson honno cysgodd Tim unwaith eto

mewn carafán – yng ngharafán yr hen Edith Lovell
– a theimlodd yn hapus ac yn ddiogel am y tro
cyntaf er pan fuodd ei dad-cu farw. Aeth i gysgu
yn sŵn cŵn yn cyfarth a merlod yn gweryru, fel
roedd e wedi gwneud lawer iawn o weithiau o'r
blaen. Roedd Tim wedi dychwelyd at ei bobol ei
hun.

Ben bore trannoeth, roedd carafán Edith Lovell
a'r hen gaseg frown yn ei thynnu, ar ei ffordd. Ar
siafft y garafán roedd Tim Boswel yn eistedd a'i
ddwy goes yn hongian. Roedd yr awenau yn ei
ddwylo a gwelltyn yn ei geg. Roedd y daith bell
i'r Alban wedi cychwyn, ac roedd e'n sipsi iawn
unwaith eto.

Un noson, a'r garafán yn sefyll ar lecyn bach
glas yn ymyl y ffordd, y tân wedi'i gynnau, a'r hen
gaseg yn pori wyneb y clawdd yn ymyl, gofynnodd
Tim yn sydyn i'w fodryb, 'Y . . . Anti Edith . . .
pwy . . . pwy oedd 'y nhad i?'

Tynnodd yr hen wraig ei phibell o'i cheg.
'Dwyt ti ddim yn gwybod?'

'Na,' meddai Tim, yn swil.

'Ddwedodd dy dad-cu ddim wrthot ti?'

'Naddo.'

'Wel, wel! Do'n i ddim yn Sir Benfro – ro'n i
lawr yn ymyl Southampton gyda Duncan. Roedd
e wedi ymuno â'r Fyddin – roedd hi'n amser rhyfel
. . . fe fuon ni lawr ffor'na am ddwy flynedd, siŵr
o fod. Chafodd e ddim mynd dros y dŵr . . . pan

ddaethon ni 'nôl i Gymru roedd . . . roedd dy fam
. . .' Stopiodd yr hen wraig ac roedd distawrwydd
rhwng y ddau am dipyn. Gallai Tim glywed sŵn
ffrwtian isel yn dod o'r crochan bach du uwchben
y fflamau.

'Nid un ohonon ni oedd e, Tim,' meddai Edith
wedyn. 'Rwy'n cofio gofyn i dy dad-cu ryw noson
pan oeddet ti'n fabi ond fe ddwedodd, "Meindia
dy fusnes," neu rywbeth tebyg. Doedd e ddim am
siarad am y dyn . . . y . . . am dy dad . . ."

'Na,' cytunodd Tim, gan gofio iddo yntau ofyn
yn ofer i'w dad-cu.

'Ond fe ddwedodd Ffranses Lee, gwraig yr hen
Gideon Lee, fod Sara, dy fam, wedi priodi â rhyw
ŵr bonheddig ifanc o Sir Benfro, a'i fod e wedi
ca'l 'i ladd yn y rhyfel yn Ffrainc yn fuan wedyn
. . . ond dwi ddim yn credu, cofia, am fod Ffranses
yn rhaffo celwydde . . . Ond mae'n wir, rwy'n
credu, i Sara Boswel briodi rhywun nid sipsi . . .
fel y gwnes inne, Tim, fel bues i ddwla. Thâl hi
ddim, Tim, cofia; does dim daioni'n dod o briodi
rhywun y tu allan i'ch pobol eich hunan. Cofia
di hynna, Tim Boswel, pan ddaw hi'n amser i ti
briodi . . . cofia di mai un o ferched y sipsiwn fydd
hi . . .'

Estynnodd ei llaw i dynnu'r crochan bach du
oddi ar y tân. Daeth arogl hyfryd cawl cwningen
ohono. Tim oedd wedi dal y gwningen mewn
magl y bore hwnnw. Wrth i'w fodryb arllwys y

cawl poeth i ddwy ffiol bren, cofiodd Tim am y
waled a adawodd ar ôl ar fferm Dôl Nant. A oedd
y gyfrinach ynglŷn â'i dad yn yr amlen honno yn
y waled?

Yna meddyliodd am yr hen gaseg a'r ebol bach
a adawodd hefyd. O, roedd e wedi hiraethu llawer
am yr hen gaseg. A phob tro y byddai'n dechrau
meddwl am y gaseg, byddai'n cofio Megan, y ferch
oedd wedi bod mor gas tuag ato. Ond cofiodd
hefyd fod yr heddlu'n edrych amdano, ac nad oedd
wiw iddo fynd 'nôl am amser hir.

Dair wythnos yn ddiweddarach, ar ôl aros yma
a thraw mewn ffair neu farchnad am ddiwrnodau
cyfan, fe groesodd y garafán y ffin rhwng Lloegr a'r
Alban; ac am ddwy flynedd – cyn belled ag roedd
pobol Sir Benfro a Chymru yn y cwestiwn – fe
ddiflannodd Tim Boswel fel pe bai'r ddaear wedi'i
lyncu.

Pan ddaethon nhw o'r diwedd i Glasgow, fe
welon nhw fod y tŷ lle buodd brawd Duncan Muir
yn teilwra yn wag a distaw, a'r llenni wedi'u tynnu
dros y ffenestri. Doedd dim sôn am Duncan yn
unman.

Wedyn roedden nhw wedi dod o hyd i gomin
bach i'r garafán y tu allan i'r dre fawr honno, ac
roedd Edith wedi dechrau chwilio o ddifri am
Duncan.

Gwnaeth hynny trwy fynd o un dafarn i'r llall.
Dywedodd wrth Tim y byddai'n siŵr o ddod o

hyd iddo ryw ddiwrnod. Ond aeth wythnosau heibio heb iddi lwyddo i gael cip ar ei gŵr.

Yna, ryw ddiwrnod, pan oedd Tim a hithau'n cerdded 'nôl at y garafán i dreulio noson arall, fe welon nhw Duncan Muir yn dod i fyny'r stryd i'w cwrdd. Roedd e'n feddw gaib, ac yn sigledig ar ei draed.

'Duncan!' gwaeddodd yr hen Edith.

Safodd ei gŵr yn stond ar y palmant gan edrych yn syn ar y ddau.

'Na!' gwaeddodd. 'Na! Na!', a dechrau rhedeg i lawr y stryd.

Pennod 12

Am wythnosau ac am fisoedd ar ôl i'r ditectif rhyfedd hwnnw alw yn Nôl Nant roedd Mrs Ifans wedi bod yn meddwl ac yn pendroni pam roedd e wedi bod ·mor daer i gael ei ddwylo ar y waled. Beth allai fod o ddiddordeb i dditectif preifat yn waled hen sipsi? Beth oedd y dirgelwch o gwmpas Tim Boswel? Roedd y ditectif wedi dweud 'i fod e'n gweithio ar ran cleient na allai ei enwi. Os oedd yn dweud y gwir, pwy oedd y cleient hwnnw?

A ble roedd Tim Boswel? Pam nad oedd e wedi dod 'nôl i gasglu'r waled − a'r ebol o ran hynny? Roedd hwnnw wedi tyfu erbyn hyn yn geffyl ifanc, hardd. Dechreuodd feddwl am yr ebol. Roedd rhyw ddirgelwch am hwnnw wedyn; doedd e ddim yn debyg i geffylau sipsiwn cyffredin o gwbwl. Roedd e'n greadur llawer mwy hardd na'r un ceffyl sipsi a welodd Mrs Ifans erioed. Gan mai merch wedi'i magu ar fferm oedd hi, roedd hi'n gwybod rywfaint am geffylau, ac yn teimlo yn ei chalon fod hwn yn geffyl ifanc o frid da. Ond sut oedd hen sipsi wedi dod o hyd i fam yr ebol, a oedd hefyd yn amlwg yn greadur o frid?

Byddai'n dda gan Mrs Ifans pe bai Tim yn dod 'nôl yn fuan i hawlio'r ebol, gan ei bod hi'n ofni bod ei merch, Megan, yn dechrau mynd yn rhy hoff ohono o lawer. Beth os byddai gorfod madael â'r ceffyl ifanc yn torri calon Megan os na fyddai'r perchennog yn dod 'nôl i'w mofyn cyn bo hir? Roedd Megan yn mynd yn fwy hoff ohono bob dydd.

Sylweddolodd Mrs Ifans fod Tim, hwyrach, yn cadw draw am fod ofn yr heddlu arno, ond roedd hi'n synnu 'i fod e wedi gallu cadw draw mor hir. A oedd rhywbeth wedi digwydd iddo? A ddeuai byth?

Un prynhawn, pan oedd Mrs Ifans yn glanhau'r llofft a'i gŵr a'r gwas allan ar y tir yn aredig, oherwydd roedd hi'n wanwyn unwaith eto yn Sir Benfro, a Megan a Gwilym yn yr ysgol, fe aeth i ddror y bwrdd gwisgo yn ei stafell wely hi a'i gŵr, a thynnu'r waled ohono. Gosododd hi ar y bwrdd o'i blaen ac eistedd i lawr. Edrychodd yn hir ar hen ledr treuliedig y waled, yna agorodd hi a thynnu'r amlen hollbwysig ohoni. Pa gyfrinachau oedd ynddi? Roedd hi'n teimlo'n euog ei bod wedi mentro'i thynnu allan o gwbwl. Byddai ei gŵr yn siŵr o'i beio am fusnesa pe bai'n ei hagor.

Yna roedd ei bys tenau wedi mynd i mewn o dan y sêl a'i thorri. Roedd hi wedi agor yr amlen!

Edrychodd ar ei llun yn nrych y bwrdd gwisgo. Oedd, roedd golwg euog fel lleidr arni, meddyliodd. Fe'i gwelodd ei hun yn gwrido.

Ond wedi mentro mor bell roedd hi'n benderfynol o weld beth oedd cynnwys yr amlen. Rhoddodd ei bysedd i mewn a chyffwrdd â nifer o bapurau. Tynnodd nhw allan. Roedd yno dri darn o bapur gwahanol. Rhyw ddarn go fach oedd un ohonyn nhw, a hwnnw wedi melynu gan oed. Agorodd hwnnw'n gyntaf. Rhyw fath o dystysgrif, a llun ceffyl hardd uwchben yr ysgrifen, oedd e. Darllenodd yr ysgrifen:

Caron Queen by Black Prince out of Fair Lady.

Ysgydwodd ei phen mewn penbleth, heb sylweddoli am funud beth oedd ystyr y geiriau hyn. Yna agorodd un o'r darnau eraill o bapur. Tystysgrif oedd hwn hefyd – tystysgrif geni Tim Boswel. Darllenodd Mrs Ifans hon yn fanwl ac yn eiddgar:

1st March 1916. Rhos Common, in the Parish of Llandysilio . . .

Roedd e wedi'i eni ar dir comin y Rhos, meddyliodd, ac yn y garafán, debyg iawn. Yna edrychodd ar enwau ei rieni ar y dystysgrif.

O dan y pennawd *Name and Maiden Surname of Mother* darllenodd . . . *Sarah Phillips formerly Boswel.*

Yna dan y pennawd *Name and Surname of Father* darllenodd *John Walter Phillips. Officer, Queen's Royal Regiment, Bryn Brain Mansion, Llandysilio.*

Rhoddodd Mrs Ifans y papur i lawr ar y bwrdd o'i blaen. Teimlai'n gynhyrfus iawn. John Walter Phillips oedd unig fab yr hen Gyrnol Phillips,

Bryn Brain, un o hen wŷr bonheddig Sir Benfro. Ac roedd Mrs Ifans yn cofio bod y mab wedi cael ei ladd yn Ffrainc yn ystod y rhyfel. Wel, wel, meddyliodd – ac roedd etifedd Bryn Brain wedi priodi Sara Boswel, y sipsi! Roedd y peth yn swnio'n anhygoel ac yn amhosib. Ac eto dyma dystysgrif geni eu mab, Walter Timothy – Tim!

Cydiodd yn y trydydd darn papur a'i agor, a gwelodd ar unwaith mai tystysgrif priodas oedd hi a'r enwau ar honno, heb os, oedd John Walter Phillips, bachelor, a Sarah Boswel, spinster. Dyna'r prawf terfynol, felly, meddai Mrs Ifans wrthi'i hun. Edrychodd ar y dyddiad ar y dystysgrif – Chwefror 3ydd 1915.

Plygodd Mrs Ifans y tri darn papur yn ofalus a'u rhoi 'nôl yn yr amlen. Roedd ar fin rhoi'r amlen yn y waled, ond wedyn newidiodd ei meddwl a'i rhoi y tu mewn i'w blows wen. Byddai raid cael lle diogel iawn i gadw'r amlen yma, meddyliodd. Pe bai'r papurau oedd y tu mewn yn mynd ar goll, hwyrach na fyddai neb yn fodlon credu bod Tim Boswel, y sipsi, yn ŵyr i'r Cyrnol Phillips, Bryn Brain.

Caeodd y waled ac aeth i lawr y grisiau i baratoi te. Wrth fynd meddyliodd tybed a ddylai hi ddweud y cyfan wrth ei gŵr? Fe ddylai, meddyliodd . . . ac eto, roedd hi'n teimlo dipyn yn euog ei bod hi wedi bod yn ddigon haerllug i agor amlen gyfrinachol oedd yn perthyn i rywun arall.

Wrth baratoi te fe geisiodd roi trefn ar hanes rhyfedd Sara Boswel a'r gŵr ifanc, cyfoethog oedd wedi syrthio mewn cariad â hi. Cofiodd eto mor brydferth ac mor osgeiddig oedd Sara pan oedd yn ferch ifanc. Gallai weld ei hwyneb o flaen ei llygaid y funud honno – y llygaid du a'r dannedd gwyn. Cofiodd fel y byddai'n cerdded a'i basged ar ei braich – fel dawnswraig ystwyth, ac eto gyda rhyw falchder, er mai sipsi oedd hi.

Rhaid bod mab Bryn Brain wedi syrthio mewn cariad â hi dros ei ben a'i glustiau. Ac roedden nhw wedi priodi – yn ddirgel, mwy na thebyg – heb yn wybod i'r hen gyrnol, a fyddai'n sicr yn gwrthwynebu'r fath briodas. Yna roedd y gŵr ifanc wedi gorfod ymuno â'r fyddin i ymladd dros ei wlad ac roedd e wedi cael ei ladd yn Ffrainc, fel cannoedd a miloedd o fechgyn ifainc eraill yn ystod y rhyfel ofnadwy hwnnw. Yna roedd Sara wedi marw ar enedigaeth plentyn. Roedd y fam wedi marw, ond y plentyn wedi byw, ac roedd e wedi cael ei fagu gan ei dad-cu – Alff Boswel. Roedd hi'n bosib, felly, na ddaeth yr hen gyrnol i wybod am y briodas byth! Efallai nad oedd e'n gwybod chwaith fod ganddo ŵyr yn byw gyda'r sipsiwn. Ond pwy oedd wedi anfon y ditectif i chwilio am y waled?

Roedd Mrs Ifans yn teimlo'n gymysglyd iawn. Allai hi ddim cofio a oedd yr hen gyrnol yn fyw o hyd. Os oedd e – efallai . . . ond allai hi ddim yn ei meddwl ddychmygu beth allai ddigwydd OS oedd yr hen ŵr yn fyw. Ond cyn y gallai dim byd ddigwydd roedd rhaid dod o hyd i Tim.

Sylweddolodd, wedi cael amser i feddwl, y byddai raid iddi ddweud y cyfan wrth ei gŵr. Ond nid wrth Megan a Gwilym am y tro

Yna roedd hi wedi rhuthro i baratoi te i'r ddau weithiwr allan yn y cae, sef ei gŵr a'r Gwyddel bach John Berry. Wedi paratoi te poeth a rhoi'r bara menyn a'r cacennau yn y fasged, rhuthrodd i i'r cae lle roedd dau ddyn sychedig a newynog iawn yn disgwyl amdani. Chafodd hi ddim cyfle'r pryd hwnnw i ddweud yr un gair wrth ei gŵr am ei darganfyddiadau, gan fod y gwas yno'n clywed y cyfan.

Ar ôl i'w gŵr a'r gwas orffen bwyta, rhuthrodd 'nôl i'r tŷ – tro hwn i baratoi bwyd i'r plant a oedd ar fin dod adre o'r ysgol.

Plant? Na, nid plant oedden nhw'n hollol, chwaith. Erbyn hyn roedd Megan wedi tyfu'n ferch ifanc, hardd dros ben, ac mor debyg i'w mam ag y gallai fod. Roedd Gwilym wedi prifio hefyd yn fachgen tal, tenau a brychni haul ar ei wyneb i gyd.

Clywodd Mrs Ifans sŵn traed ar y clos anwastad. Edrychodd ar y cloc. Chwarter wedi pedwar.

Daeth Gwilym i'r tŷ'n syth, ond rhedodd ei chwaer i lawr i fwlch y cae bach o dan yr ydlan lle roedd yr ebol du yn disgwyl amdani. Roedd

yntau wedi tyfu'n dal a gosgeiddig erbyn hyn –
yn ddigon tal i estyn ei wddf hir dros y glwyd
i dderbyn lwmpyn siwgwr a dynnodd Megan o'i
phoced iddo. Gweryrodd yr ebol yn llawen wrth
gymryd y ciwb melys o'i llaw. Tynnodd hi'i bysedd
dros ei drwyn a chlapio'i wddf gloyw dan y mwng
trwchus.

Pan ddychwelodd i'r tŷ roedd Gwilym wedi
dechrau ar 'i de. Roedd e'n bwyta'n awchus, fel
rhywun heb gael bwyd ers dyddiau.

'Allet ti ddim aros munud, wrth gwrs,' meddai
Megan wrth ei brawd.

Ond cyn i Gwilym gael amser i ateb rhoddodd
Mrs Ifans ei phig i mewn.

'Pam nad wyt ti'n dod i gael te 'run pryd â
Gwilym, Megan? Rwyt ti'n boddran gyda'r ebol 'na
byth a beunydd. Mae gwaith gyda fi i'w 'neud, cofia,
ac rwy am glirio'r ford 'ma.' Roedd hi'n swnio'n
ddiamynedd iawn. Edrychodd Megan braidd yn syn
arni. Doedd ei mam ddim yn arfer bod fel hyn.

'Roedd e'n 'y nisgwl i wrth y glwyd, Mam;
allwn i mo'i siomi e . . . roedd rhaid i fi fynd lawr
ato . . .' Eisteddodd wrth y bwrdd.

''I siomi e, wir! Rwy'n ofni mai ti sy'n mynd i
gael dy siomi ryw ddiwrnod, Megan.'

'Beth y'ch chi'n feddwl?'

'Rwyt ti'n gwbod yn iawn beth 'wy'n feddwl
. . . fe fydd yr ebol yn gorfod mynd o 'ma ryw
ddiwrnod.'

107

Aeth y gegin yn ddistaw am dipyn. Rhoddodd Megan ei llwy yn ei the a dechrau'i droi'n feddylgar.

'Na,' meddai'n benderfynol, 'chaiff e ddim mynd . . .'

'Ond rwyt ti'n gwbod yn iawn nad ni pia'r ceffyl, Megan!'

'Ni sy wedi'i fagu fe . . . fe fydde fe wedi marw oni bai ein bod ni wedi rhoi bwyd iddo fe . . . a stabal yn y gaea . . . mae e'n codi'n ddwy nawr . . . mae e wedi bod gyda ni'n ddigon hir i ni ddod yn berchen arno fe.'

Ddywedodd Mrs Ifans ddim byd am foment. Roedd hi wedi sylwi'n ddiweddar fod ei merch wedi mynd i siarad iaith pobol ceffylau. 'Codi'n ddwy' oedd un o ddywediadau'r bobol hynny. Rhaid ei bod hi'n trafod ceffylau gyda'i ffrindiau yn yr ysgol uwchradd, meddyliodd.

'Dy'n ni ddim yn berchen arno fe! Megan. Tim pia'r ebol, ac rwyt ti'n gwbod hynny'n iawn.' Roedd ei mam wedi dod yn nes at y ford wrth ddweud hyn. Nawr rhoddodd ei llaw ar ysgwydd Megan a dweud yn ddifrifol, 'Rhyw ddiwrnod, fe fydd y bachgen yna'n dod 'nôl ac yn mynd â'r ebol o 'ma.'

Ysgydwodd Megan ei phen. 'Ddaw e ddim 'nol!' meddai. 'Mae ofan arno fe.'

'Wrth gwrs y daw e. Does dim eisie iddo ofni dim byd – dyw e ddim wedi torri'r gyfraith.'

'Fe losgodd y garafán, on'd do fe!'

'Do, ond mae hynny'n hen arferiad gyda'r sipsiwn.'

'Wel, os daw e'n ôl, fydd e ddim yn cael mynd â Fflach, Mami!'

Wedi dadlau hir a thrafod roedd teulu Dôl Nant wedi rhoi'r enw 'Fflach' ar yr ebol. Roedd yna lawer o siarad wedi bod ar yr aelwyd yn ystod y gaeaf blaenorol ynglŷn â'r enw. Yn y diwedd roedd Mrs Ifans wedi awgrymu 'Fflach' – am ei fod wedi cael ei eni ar noson stormus o fellt a tharanau!

'Fflach y fellten,' meddai Mrs Ifans yn ddifeddwl bron, ac er mawr syndod iddi, roedd pawb wedi derbyn yr enw fel yr un gorau a mwyaf addas i'r ebol.

'Beth bynnag' meddai Megan wedyn, 'fe allwn ni brynu'r ebol . . . cynnig arian i Tim.'

Tro Mrs Ifans i ysgwyd ei phen oedd hi nawr. Prynu'r ebol! Doedd hi ddim wedi meddwl am hynny. Ond roedd hi'n gwybod yn iawn na allen nhw fforddio prynu Fflach, er na allai ddweud hynny wrth y plant y funud honno. Doedd y fferm ddim wedi bod yn talu ers blwyddyn a rhagor, a phan fydden nhw ar eu pennau eu hunain byddai hi a'i gŵr yn ceisio dyfalu pam nad oedd eu gwaith fel ffermwyr yn llwyddo. Roedd ffermwyr eraill o'u cwmpas yn gwneud yn iawn. Ond roedden nhw wedi cael colledion trwm, un ar ôl y llall. Roedd y fuwch Jersey orau oedd ganddyn nhw wedi cwympo dros y dibyn i'r ceunant ac wedi cael ei lladd. Roedd yr haf blaenorol wedi bod yn wlyb iawn hefyd a'r gwair wedi pydru yn y caeau, gan iddyn nhw fethu â'i gael yn sych i'w gludo i'r ydlan. Yn dawel bach roedd tipyn o'r bai am hyn ar Tom Ifans, druan. Roedd e'n gyfreithiwr da ond yn ffermwr sâl a dibrofiad. Dyna pam fethodd e gael y gwair i mewn, a dyna pam y buodd raid prynu wedyn ar gyfer y gaeaf. Oedd, roedd un golled wedi dilyn y llall ar fferm Dôl Nant, ac er eu bod i gyd yn hapus iawn yno bellach, fe fyddai Tom a Meri Ifans weithiau'n gofidio oherwydd y prinder arian yn y banc.

Dyna pam roedd Mrs Ifans wedi ysgwyd ei phen pan awgrymodd Megan eu bod yn prynu'r ebol.

Gorffennodd y plant eu te a mynd at eu gwaith cartref, heb sôn rhagor am yr ebol y prynhawn hwnnw.

Pennod 13

Roedd hi'n bwrw glaw y diwrnod wedyn. Gan nad oedd hi'n bosibl gwneud dim ar y tir, fe benderfynodd Tom a Meri Ifans fynd yn y Morris Oxford i ardal Llandysilio i edrych am blas Bryn Brain, ac am yr hen ŵr bonheddig oedd yn dal i fyw yno. Roedd Tom Ifans wedi darganfod y noson cynt fod yr hen Gyrnol Phillips yn fyw, trwy ffonio ficer Llandysilio i holi ei hanes.

Roedd y ficer wedi dweud bod yr hen ŵr yn fyw ond ei fod ers blynyddoedd mewn cadair olwyn – effaith hen ddamwain wrth hela. Byddai'n dod i'r cwrdd cymundeb yn yr eglwys unwaith bob mis o hyd. Ond anaml y byddai neb yn cael ei weld ac anaml iawn y byddai'n mynd o gwmpas yn ei gar mawr, hen ffasiwn. Roedd ei chwaer, Mrs Matilda Langdon, a'i mab, Rodney, yn byw ym Mryn Brain gydag e.

Ar ôl cael yr wybodaeth yma gan y ficer, roedd Tom a Meri Ifans wedi bod yn trafod a dadlau am yr hyn oedd orau i'w wneud nawr, ar ôl i Mrs Ifans agor yr amlen a darganfod y ddwy dystysgrif bwysig. Roedd Tom Ifans yn bendant o'r farn fod rhaid mynd ar unwaith i weld yr hen ŵr ym Mryn Brain. Doedd ei wraig ddim mor siŵr. Roedd hi'n cofio am y bachgen swil roedd yn well ganddo gysgu yng nghwt yr hwyaid nag mewn tŷ a gwely cyfforddus – y sipsi bach a oedd wedi treulio'i fywyd i gyd mewn carafán, yn symud, symud o hyd o un man i'r llall. A fyddai e'n diolch iddi hi a'i gŵr am ddarganfod bod ei dad a'i daid yn wŷr bonheddig?

Ond o'r diwedd roedd ei gŵr wedi'i hargyhoeddi fod rhaid mynd i Fryn Brain i siarad â'r hen Gyrnol Phillips. Roedd hi'n deg iddo gael gwybod . . .

Felly, ar ôl i Megan a Gwilym fynd i'r pentre i gwrdd â'r bws i fynd i'r ysgol, roedd y ddau wedi cychwyn yn y Morris trwy'r glaw, am Landysilio. Roedd Mrs Ifans yn teimlo dipyn yn gynhyrfus a bob nawr ac yn y man yn rhoi ei llaw ar yr amlen roedd hi'n cario y tu mewn i'w blows wen, sidan.

Ceisio dyfalu roedd hi beth fyddai ymateb yr hen ŵr bonheddig i'r stori a oedd ganddyn nhw i'w hadrodd wrtho. A fyddai'n ceisio gwadu'r cyfan? A fyddai'n eu gwrthod neu'n eu croesawu ar ôl cael yr hanes fod ganddo ŵyr? Byddai raid aros i gael gweld.

Roedd plas Bryn Brain o fewn ergyd carreg i hen eglwys lwyd, dawel Llandysilio. Tom Ifans welodd enw'r plas wedi'i gerfio ar biler oedd yn sefyll ar ben lôn gul a choed yn tyfu ar bob ochr iddi. Stopiodd y car ar unwaith. Wedi sylwi'n fwy manwl gallen nhw weld simneiau tal yn codi uwchben y coed yng ngwaelod y lôn. Trodd Tom Ifans ben y car i'r lôn ac aeth i lawr ar ei hyd yn araf, gan ei bod braidd yn arw a charegog.

Cyn pen dim dyma nhw'n dod i olwg ffrynt plas Bryn Brain. Roedd e'n dŷ mawr a rhyw fath o eiddew trwchus dros ei furiau i gyd.

Daeth Tom a Meri Ifans o'r car a cherdded trwy'r glaw at ddrws mawr, cerfiedig a chadarn yr olwg. Roedd e ynghau. Roedd grisiau isel yn arwain at y drws ac ar ôl dringo''r rheini roedd y ddau o dan gysgod y feranda ac allan o''r glaw.

Curodd Tom Ifans y drws, gan daflu llygad ar ei wraig yr un pryd. Edrychai braidd yn welw, meddyliodd.

Agorodd y drws ar unwaith, bron – yn union fel pa bai rhywun wedi bod yn gwylio ac yn disgwyl amdanyn nhw.

Yna roedd gwraig dal, denau wedi'i gwisgo mewn ffrog ddu hollol, yn sefyll o'u blaen.

'Wel?' gofynnodd y wraig, gan edrych ar y ddau o'u pennau i'w traed.

Cododd Tom Ifans ei het. 'Y . . . ry'n ni wedi galw . . . y . . . i gael gair â'r Cyrnol Phillips . . . madam.'

'O ie? A'ch enw a'ch busnes chi, syr?' Dal ei phen yn uchel roedd y wraig gan edrych i lawr ei thrwyn ar y ddau yn y drws.

'Tom Ifans yw'n enw i, madam – cyfreithiwr – ac mae 'musnes i â'r Cyrnol Phillips . . .'

Edrychodd ei wraig arno a golwg braidd yn syn ar ei hwyneb. Pam roedd e wedi dweud mai cyfreithiwr oedd e? Ond roedd e'n gyfreithiwr hefyd, meddyliodd wedyn, neu o leiaf roedd e wedi bod yn gyfreithiwr.

Roedd y wraig denau yn y drws wedi agor ei llygaid ychydig hefyd pan glywodd hi'r gair 'cyfreithiwr'. Yna dywedodd,

'Fydd y cyrnol ddim yn gweld neb y dyddiau hyn, syr, ond ychydig o'i berthnasau ac un neu ddau o'i hen gyfeillion. Mae e'n hen iawn ac yn fethedig . . .'

Doedd hi ddim yn swnio mor ffroenuchel nawr. Edrychodd Tom a Meri Ifans ar ei gilydd. A oedden nhw wedi dod ar siwrnai ofer wedi'r cyfan?

'Rwy'n casglu mai chi yw Mrs Langdon, madam?' meddai Tom Ifans.

Unwaith eto agorodd y wraig dal, denau ei llygaid. 'Ie, ond sut . . .?'

'Mae ein busnes ni â'r Cyrnol Phillips yn bwysig, madam, credwch fi. Fuase 'ngwraig a finne ddim wedi dod yma heddi trwy'r glaw oni bai fod gyda ni fater o'r pwys mwya i'w drafod gydag e.'

'Fi sy'n gofalu am holl fusnes 'y mrawd y dyddiau hyn, syr. Felly os oes gennych chi rywbeth pwysig, fe fydd raid i chi 'i drafod e gyda fi. Beth yw'ch busnes chi, syr?'

Unwaith eto edrychodd Mr a Mrs Ifans ar ei

gilydd. Doedd gyda nhw ddim syniad beth i'w wneud nesaf. Doedden nhw ddim wedi disgwyl dim byd fel hyn.

'Mae gyda ni ddwy dystysgrif fan hyn, madam,' meddai Tom Ifans yn araf, '. . . tystysgrif priodas mab y Cyrnol Phillips – y diweddar John Walter Phillips . . .'

Stopiodd wrth weld yr olwg ryfedd ar wyneb y wraig yn y drws. Roedd ei llygaid yn fflamio gan ddicter ac roedd hi wedi codi'i llaw fel pe bai'n barod i daro Tom Ifans yn ei wyneb.

'Ry'ch chi'n dweud celwydd, syr,' meddai mewn llais isel. 'Fe fuodd mab – unig fab – y cyrnol farw'n ddibriod.'

Ysgydwodd Tom Ifans ei ben. 'Mae'r dystiolaeth gyda ni . . .'

'Profwch hynny!' meddai'r wraig ar ei draws. 'Dangoswch eich tystiolaeth i fi . . . wedyn falle cewch chi weld 'y mrawd.'

Aeth llaw Meri Ifans at ei blows lle roedd yr amlen bwysig. Ond cyn iddi allu ei thynnu allan clywodd ei gŵr yn dweud,

'Fedrwn ni ddim dangos dim byd ond i'r cyrnol ei hunan, rwy'n ofni.'

'Celwydd! Does gyda chi ddim tystiolaeth! Ry'ch chi wedi dod 'ma i dwyllo 'mrawd. Ewch ar unwaith cyn y bydda i'n galw'r heddlu.'

Yn sydyn roedd hi wedi camu 'nôl ac wedi cau'r drws yn eu hwynebau.

Safodd y ddau'n edrych ar ei gilydd am foment hir. Doedden nhw ddim yn gwybod beth i'w wneud nawr.

Yna dyma nhw'n dechrau cerdded yn araf trwy'r glaw yn ôl at y car. Roedd gwrid coch ar wyneb Meri Ifans. Ar ôl eistedd ar sedd y Morris Oxford dywedodd, 'Ych a fi! Dyna hen fenyw ddrwgdybus, ontefe?'

Cychwynnodd ei gŵr yr injan heb ddweud dim.

'Beth wnawn ni nawr?' gofynnodd Mrs Ifans wrth i'r car fynd yn araf ar hyd y lôn goediog tua'r ffordd fawr.

Ysgydwodd Tom Ifans ei ben. 'Roedd honna'n awyddus iawn i ni beidio cael gair â'r hen ŵr, on'd oedd hi, Meri?'

'Oedd, ond ro'n ni'n ddierth . . . a phe bydden ni wedi dangos y tystysgrife iddi . . .'

'Dim o gwbwl, Meri. Mae gen i syniad y bydde hi wedi'u dwyn nhw o'ch llaw chi ac wedyn yn cau'r drws yn ein hwynebe ni.'

'Y'ch chi'n meddwl?'

'Ydw . . . a dweud y gwir . . . rwy'n dechre cael syniade am mei ledi.'

'Beth y'ch chi'n feddwl?'

Erbyn hyn roedd y car wedi cyrraedd pen ucha'r lôn ac wedi aros yno. Yn lle ateb cwestiwn ola 'i wraig, fe atebodd Tom Ifans yr un roedd hi wedi'i ofyn funud ynghynt.

'Rhaid i ni fynd nawr i gael gair gyda'r ficer, Meri,' meddai.

Roedd ficer Llandysilio, y Parch. Glyndwr Richards, yn y tŷ gwydr wrth dalcen y ficerdy. Gallen nhw ei weld trwy'r gwydr gwlyb yn plygu uwchben rhyw blanhigyn bach gwyrdd y tu mewn. Rhaid ei fod wedi clywed sŵn y car oherwydd daeth allan o'r tŷ gwydr yr un pryd ag y cyrhaeddodd y Morris ddrws ffrynt y ficerdy a sefyll yno.

'Dewch i'r tŷ o'r glaw,' meddai'r ficer, cyn gwybod hyd yn oed pwy oedden nhw na beth oedd eu neges. Gymaint yn wahanol i'r croeso a gawson nhw yn y plas rai munudau ynghynt, meddyliodd Meri Ifans.

Aeth y ficer â nhw i stafell a oedd yn amlwg yn llyfrgell iddo. Roedd rhesi o lyfrau trwm yr olwg o gwmpas y muriau i gyd. Dyn tal, esgyrnog oedd y ficer, a'i goler gron yn hongian yn llac am ei wddf. Peth rhyfedd ei fod yn gweithio yn y tŷ gwydr yn ei goler gron hefyd, meddyliodd Meri Ifans.

'Eisteddwch – gwnewch eich hunen yn gyfforddus,' meddai wrthyn nhw, gan gyfeirio â bys priddlyd at gadeiriau esmwyth a oedd o gwmpas y stafell. 'Dyma hen fore gwlyb, ontefe? Y . . . dwi ddim yn meddwl . . . ein bod ni'n nabod ein gilydd . . .?'

'Na, dy'n ni ddim wedi cwrdd yn y cnawd

117

o'r bla'n, ficer,' esboniodd Tom Ifans gan wenu. Cododd y ficer ei aeliau trwchus. 'Ond ry'n ni wedi cwrdd yn yr ysbryd, fel petai,' meddai gan hanner chwerthin. 'Ry'n ni wedi siarad â'n gilydd ar y ffôn. Ni yw Tom a Meri Ifans . . . fe fues i'n eich holi chi, os y'ch chi'n cofio, ynglŷn â'r Cyrnol Phillips.'

'A, rwy'n cofio nawr,' meddai'r ficer, 'a dyma chi wedi dod i Landysilio i geisio gweld y cyrnol . . . ac ry'ch chi wedi methu.'

Edrychodd Tom a Meri Ifans ar ei gilydd yn syn. Ond gwenodd y ficer ac aeth ymlaen. 'Does 'na fawr o neb yn cael gweld yr hen ŵr erbyn hyn, wyddoch chi. Mae 'i chwaer, Mrs Langdon, yn ofalus iawn ohono fe; mae'n gofalu na fydd neb yn cael 'i boeni fe . . . y, maddeuwch i fi am ddweud hynna . . .'

Ond doedd yr awgrym eu bod nhw wedi dod y diwrnod hwnnw i boeni'r cyrnol, yn blino dim ar Tom Ifans.

'Mr Richards,' meddai, 'mae tystiolaeth wedi dod i'n dwylo ni fod gan y cyrnol ŵyr, sy'n fyw heddi . . .'

Roedd y ficer wedi codi ei law. 'Na, maddeuwch i fi, syr. Rwy'n digwydd gwybod mai dim ond un mab oedd gan y Cyrnol Phillips ac fe fuodd hwnnw farw yn Ffrainc . . . yn ddibriod. Fe fydd stad Bryn Brain yn mynd i Rodney Langdon ar ôl dydd yr hen ŵr . . . does dim amheuaeth am hynny o gwbwl.'

Cododd Tom Ifans ar ei draed. 'Meri!' meddai

gan estyn ei law. 'Dewch â'r amlen 'na i fi, wnewch chi?'

Rhoddodd Meri Ifans ei llaw yn ei mynwes a thynnu'r amlen bwysig allan. Cydiodd Tom Ifans ynddi a thynnu'r ddwy dystysgrif ohoni. 'Rwy am i chi gael gweld rhain, ficer,' meddai, 'rhag ofn . . .'

Stopiodd yn sydyn. Pam oedd e wedi dweud 'rhag ofn'? gofynnodd iddo'i hunan.

'Beth sy gyda chi fan'na, Mr Ifans?' holodd y ficer, gan dynnu sbectol o boced ei frest. Atebodd Tom Ifans ddim, ond estynnodd dystysgrif priodas Walter Phillips a Sara Boswel iddo. Agorodd y ficer y papur melyn, bregus yn araf a gofalus. Edrychodd ar yr ysgrifen. Yna tynnodd y papur yn nes at ei lygaid fel pe bai'n gwrthod credu'r hyn roedd e'n ei weld. Cododd ei ben wedyn i edrych yn syn ar y ddau o'i flaen.

'Ond . . .' meddai, 'mae hyn yn anhygoel! Do'n i erioed wedi clywed . . . ond, wrth gwrs, do'n i ddim yma yn ystod y rhyfel . . . ro'n i yn y lluoedd arfog fy hunan . . . ond chlywes i neb yn dweud . . .' Stopiodd oherwydd roedd Tom Ifans wedi estyn y dystysgrif arall iddo − sef tystysgrif geni Tim Boswel. Edrychodd y ficer yn hir arni ac roedd yna ddistawrwydd yn y llyfrgell am funud. O'r diwedd cododd y ficer ei ben.

'Ydy'r . . . y . . . plentyn yma − mab Walter Phillips Bryn Brain a'r . . . y . . . ddynes − y sipsi 'ma'n fyw?'

'Ydy,' atebodd Meri Ifans.

'Hyd y gwyddon ni y mae e,' ychwanegodd Tom Ifans. Yna aeth ymlaen i adrodd yr holl hanes wrth y ficer – fel roedden nhw wedi dod o hyd i'r bachgen yng nghwt yr hwyaid ac fel yr aeth Meri Ifans, ar ôl hir ystyried, i edrych beth oedd yn yr amlen oedd wedi'i gadael ar ôl pan oedd y bachgen wedi ffoi rhag i'r heddlu ei ddal. Anghofiodd e ddim chwaith yr hanes am y ditectif hwnnw a oedd wedi galw am y waled.

'Wel,' meddai'r ficer, pan ddaeth Tom Ifans i ben y stori, 'mae hyn yn mynd i achosi cynnwrf tua'r plas 'na, alla i fentro dweud wrthoch chi. Y'ch chi'n gweld, mae pawb yn cymryd yn ganiataol mai Rodney Langdon fydd yn cael y cwbwl ar ôl dydd yr hen ŵr . . . ond nawr . . . Pam y daethoch chi 'ma ata i, Mr Ifans? Beth alla i wneud, dwedwch?'

'Mae'n rhaid i ni gael y wybodaeth 'ma i'r Cyrnol Phillips,' meddai Tom Ifans.

'Fod ganddo ŵyr sy'n sipsi yn byw mewn carafán? Fe fydd yn siom ac yn sioc fawr iddo. Charwn i ddim mynd â'r newyddion 'na iddo fe a'i iechyd e mor fregus.'

'Ydych chi'n siŵr nad yw e ddim yn gwbod dim am briodas 'i fab na genedigaeth 'i ŵyr?' gofynnodd Meri Ifans.

Ysgydwodd y ficer ei ben. 'Does bosib y bydde fe wedi cadw'r gyfrinach drwy'r holl flynyddoedd!'

'Dim syniad, wir,' meddai Mrs Ifans. Roedd hi'n

meddwl am ymweliad y ditectif rhyfedd hwnnw â
Dôl Nant. Pwy oedd wedi anfon hwnnw?

'Mae e'n dod i'r eglwys unwaith y mis i
wasanaeth y cymun?' gofynnodd Tom Ifans.

'Ydy,' atebodd y ficer.

'Pryd y bydd gwasanaeth y cymun nesa?'

'Dydd Sul wythnos nesa, Mr Ifans, ond : . .'

'Fe sgrifenna i lythyr byr cyn gadael heddi, os
y'ch chi'n fodlon, ficer; ac fe fyddwn i'n ddiolchgar
iawn i chi os byddwch chi cystal â gofalu bod
Cyrnol Phillips yn cael y llythyr yn 'i law 'i hunan.
Y'ch chi'n gweld, rwy'n dechre ofni na fyddai'n
cael y llythyr pe bawn i'n ei anfon drwy'r post.'

'O, does bosib,' meddai'r ficer. 'Rwy'n nabod
Mrs Langdon yn dda . . .'

'Rhaid i chi gofio 'i bod hi wedi gwrthod
caniatâd i ni weld y cyrnol y bore 'ma. Mae'n bosib
ei bod hi, rywfodd neu'i gilydd, yn gwybod bod
yna ŵyr, a'i bod hi'n ceisio cadw'r wybodaeth oddi
wrth ei brawd . . .'

'Dwi ddim yn credu hynny am foment, Mr
Ifans. Ond gan eich bod chi wedi dod yma'r holl
ffordd i weld y cyrnol, ac wedi cael eich siomi – fe
rodda i lythyr iddo fe, os byddwch chi'n fodlon i fi
gael cip arno fe ar ôl i chi 'i sgrifennu e . . .'

'Mae hynny'n ddigon teg, Mr Richards, diolch
yn fawr i chi,' meddai Tom Ifans.

'Er, cofiwch,' meddai'r ficer, fel pe bai wedi
difaru'n barod iddo addo gwneud y fath beth, 'dwi

ddim yn gwybod a wnes i'n iawn i addo'r fath beth i chi. Fe all yr hen ŵr ddigio am byth wrtha i, heb sôn am Mrs Langdon, sy'n aelod ffyddlon o'r eglwys 'ma, fel ei brawd.'

'Wel, ficer, o leia fe fyddwch chi wedi rhoi cyfle i'r cyrnol – fe fyddwch chi wedi rhoi'r wybodaeth iddo fe. Os bydd e'n dewis anwybyddu'r wybodaeth a gwrthod cydnabod bod Tim yn ŵyr iddo – yna dyna ddiwedd ar y peth. Ond rhaid i chi feddwl am yr ochor arall i'r ddadl hefyd – beth pe bydde'r cyrnol yn falch o glywed bod ganddo ŵyr o gwbwl – sipsi neu beidio?'

'Ry'ch chi'n iawn, Mr Ifans . . . mae'n deg ac yn rhesymol iddo gael gwybod, beth bynnag. O'r gore, mae 'na bapur ac inc ar 'y nesg i fan'co, a thra byddwch chi'n sgrifennu, fe af inne i drefnu cwpaned bach o de . . .'

Pennod 14

Marw wnaeth Duncan Muir fel y byddai wedi dymuno – mewn tŷ. Daeth y diwedd ar y dydd olaf o Chwefror 1932 ac roedd yr hen Edith Lovell a Tim wrth ymyl ei wely pan dynnodd ei anadl olaf. Mae'n wir nad yn ei dŷ ei hun ddigwyddodd hynny, ond yn nhŷ cefnder iddo a oedd wedi bod yn gofalu amdano hyd at y diwedd.

Roedd yr hen Edith wedi colli golwg ar Duncan ers wythnosau ond y bore hwnnw roedd bachgen bach wedi dod â neges i'r garafán yn dweud wrthi am frysio os oedd am weld ei gŵr yn fyw. Roedd hi a Tim wedi mynd gyda'r bachgen ar unwaith.

Dod o hyd i'r meddwyn mawr yn gorwedd mewn stafell fechan, fyglyd ar fatres bawlyd ar y llawr wnaethon nhw. Roedd e'n anadlu'n drwm ac roedd gwrid afiach ar ei wyneb garw. Dywedodd y cefnder fod y claf wedi gofyn am Edith y bore hwnnw; dyna pam, meddai, roedd e wedi gyrru'r bachgen ar frys. Edrychodd Tim ar wyneb ei fodryb. Roedd hanner gwên fach yn chwarae o gwmpas ei gwefusau a sylweddolodd beth oedd yn mynd trwy'i meddwl y funud honno. Roedd

123

Duncan wedi treulio rhan fawr o'i oes yn ceisio rhedeg oddi wrthi, ond wedi dod 'nôl bob tro. A hyd yn oed y tro olaf oll – ac yntau ar ei wely angau, roedd e wedi gofyn amdani.

Ond beth bynnag oedd gan Duncan y teiliwr i'w ddweud wrth Edith Lovell, y sipsi, yn y diwedd, chafodd e ddim cyfle i'w ddweud. Yn ystod yr awr neu fwy y buon nhw gydag e yn y stafell agorodd e mo'i lygaid un waith. Er nad oedd wedi gweld llawer o bobol yn marw, roedd Tim yn credu'n bendant fod Duncan wedi mynd yn rhy bell oddi wrthyn nhw ers amser i allu dweud dim wrthyn nhw mwy.

Yna gydag un ochenaid fawr, fe beidiodd yr anadlu trwm a daeth distawrwydd llethol i'r stafell – distawrwydd marwolaeth.

Gwelodd Tim y cefnder yn rhoi dwylo Duncan ymhleth ar ei frest. Ddywedodd neb yr un gair. Edrychodd ar ei fodryb. Roedd ei gwefus isaf yn crynu fel deilen a'r dagrau'n rhedeg yn gyflym i lawr ei bochau rhychiog. Ond roedd pawb a phopeth mor ddistaw.

Unwaith eto edrychodd Tim ar y corff ar y matres. Erbyn hyn roedd wyneb Duncan wedi mynd yn welw las fel clai ac wedi dieithrio yn rhyfedd iawn. Ond y dwylo a dynnodd ei sylw'n bennaf. Doedd Tim erioed o'r blaen wedi sylwi ar ddwylo Duncan. Dwylo delicet, fel dwylo merch, bron, a'r bysedd yn fain ac yn llyfn. Dwylo'r crefftwr medrus, dwylo'r teiliwr. Am foment anghofiodd Tim am y meddwyn a'r dyn creulon a oedd wedi gwneud bywyd ei fodryb yn uffern lawer gwaith – a chofio'r bysedd yma'n gwnïo y tu allan i'r garafán ar gomin Rhos Goch flynyddoedd yn ôl – a Duncan yn gwnïo gwisg briodas i ferch yr hen Gideon Lee. A'r rhyfeddu wedyn wrth weld mor hardd oedd y ferch ifanc yn ei gwisg newydd. Cofio hefyd fel roedd yr hen Edith yn ymfalchïo wrth glywed y sipsiwn yn canmol crefft y teiliwr nad oedd yn ŵr cystal iddi.

Ond bellach dyma ddwylo'r crefftwr yn llonydd am byth ar ei fynwes, a Tim yn gwybod na fyddai byth eto'n cael gweld y nodwydd loyw rhwng y bysedd hyn yn dawnsio fel peth byw wrth bwytho, pwytho ar gomin y rhos nac ar un comin arall chwaith.

Yn sydyn roedd e eisiau mynd o'r stafell ddistaw, fyglyd honno. Roedd e'n teimlo fod yn rhaid iddo gael anadlu tipyn o awyr iach y stryd ar unwaith neu byddai'n cyfogi.

Roedd hi'n oer iawn y tu allan ond roedd hi'n well yno nag yn y tŷ lle roedd Duncan yn gorwedd. Beth oedd yn mynd i ddigwydd nawr? Roedd e'n gwybod yn ei galon y byddai'r hen wraig am droi yn ôl i Gymru bellach, oherwydd fyddai hi ddim yn disgwyl Duncan 'nôl o unlle mwy.

Ond fe aeth wythnos heibio cyn i Tim a'i fodryb gychwyn am Gymru. Fe fuodd raid aros i'r angladd, wrth gwrs, ac yna fe fuodd Edith yn ceisio dod o hyd i unrhyw beth a oedd wedi ei adael ar ôl Duncan. Roedd wedi gwerthu'r tŷ roedd wedi'i etifeddu ar ôl marwolaeth ei frawd ers blwyddyn neu ragor, ond roedd e wedi bod yn byw mor ofer yn ystod y misoedd cyn ei farw fel nad oedd, hyd y gallai Edith weld, ond rhyw bum punt ganddo ar ôl. Ac fe aeth y rhan fwyaf o hwnnw i dalu costau'r angladd.

Eisteddodd Tim ac Edith yn y garafán wedi'r angladd. Roedd yr hen wraig wedi tanio'i phibell glai a nawr roedd hi'n smocio'n fyfyrgar a'i llygaid ar simneiau tai Glasgow fan draw, nad oedd yn ddim erbyn hyn ond cysgodion yn yr hanner tywyllwch.

'Fe awn ni bore fory, Tim,' meddai o'r diwedd.

Roedd Tim wedi bod yn dyheu am ei chlywed yn dweud y geiriau yna droeon, ac wedi dechrau cerdded ar ei ben ei hun, heb yr hen wraig na'r Duncan melltigedig. Ond bob tro roedd e wedi aros gyda hi. Rywfodd roedd e'n credu na allai hi wneud hebddo bellach. Roedd hi wedi mynd i ddibynnu fwyfwy arno wrth i'r misoedd fynd heibio a dim sôn fod Duncan yn fodlon dychwelyd i Gymru gyda nhw. Yn ystod y misoedd hynny roedd Tim wedi tyfu'n llanc ifanc, golygus. Roedd ganddo wallt du, gloyw a chyrliog (fel ei fam, yn ôl ei fodryb), a dau lygad glas, siarp. Trannoeth i farw Duncan Muir roedd e wedi cael ei ben blwydd yn un ar bymtheg oed, er nad oedd wedi dathlu'r achlysur o gwbwl, chwaith. Yn wir, oni bai fod yr hen wraig wedi'i atgoffa iddo gael ei eni ar y cyntaf o Fawrth, fuasai e ddim wedi meddwl dim am y peth.

Roedd e wedi gwneud rhai ffrindiau ymysg y sipsiwn eraill a oedd yn byw ar y comin y tu allan i'r ddinas, ond rhai garw oedden nhw, yn hoff iawn o ymladd ymysg ei gilydd. Ac er nad oedd e'n ofni'r un ohonyn nhw, eto i gyd, doedd Tim ddim yn gallu gweld unrhyw reswm dros yr holl gweryla. Doedd sipsiwn Sir Benfro ddim cynddrwg o dipyn, meddyliodd. Doedd e ddim wedi sylwi chwaith fod rhai o ferched ifanc y sipsiwn yn talu tipyn o sylw iddo, ac yn gwenu a thaflu llygaid direidus arno pan fyddai'n eu pasio ar y comin. Roedd rhai ohonyn nhw'n ferched hardd iawn hefyd.

Ond pan fyddai Tim yn meddwl am hardd, cofio bob amser am Mrs Ifans Dôl Nant a'i merch olau fyddai e – roedd rheini'n hardd mewn ffordd wahanol i sipsiwn. Rhai pryd tywyll oedd merched y sipsiwn i gyd a'u crwyn o liw rhisgl y pren ceirios. Byddai'n cau'i lygaid weithiau ac yn gallu gweld Meri Ifans eto a'i chroen llyfn, difrycheuyn, a'i merch, oedd yr un ffunud â hi, ond bod ei gwallt golau wedi'i blethu a gwallt ei mam wedi'i glymu'n fwlyn tyn y tu ôl i'w phen.

Lawer gwaith roedd Tim wedi meddwl am yr hen gaseg a'r ebol. Roedd wedi hiraethu llawer am y gaseg oherwydd roedd hi'n rhan o'i blentyndod. Doedd e erioed wedi bwriadu bod i ffwrdd oddi wrthi am gymaint o amser, ond roedd amgylchiadau wedi bod yn drech nag e. Roedd ei hen fodryb wedi mynnu aros yn Glasgow i fod yn agos at Duncan ac roedd yntau, Tim, wedi aros gyda hi, er iddo fygwth gadael ar ei liwt ei hun lawer gwaith.

Ond nawr dyma'r hen wraig wedi dweud y geiriau, 'Fe awn ni bore fory, Tim.' Roedd e'n teimlo'n falch dros ben.

Fe groesodd y garafán y ffin i Gymru ym mhentre bach y Waun, a hynny ar y dydd Sul olaf ym mis Ebrill. Roedden nhw wedi bod yn agos i ddau fis ar y daith bell o'r Alban. Ond yn null y sipsiwn doedden nhw ddim wedi brysio. Roedd yr hen Gideon Lee'n arfer dweud, 'Gadewch iddyn nhw frysio, daw'r sipsi yn ei amser ei hun.' (Roedd Tim yn gwybod mai 'pobol tai' oedden 'nhw'.)

Fore trannoeth fe ailgychwynnodd Edith Lovell a Tim siarad Cymraeg â phobol wrth fynd o gwmpas i werthu pegiau a basgedi.

Roedd y nos Lun honno'n noswyl Calan Mai ac felly'n noson bwysig gan y sipsiwn. Plethodd yr hen wraig ganghennau o ddail gwyrdd uwchben drws y garafán i groesawu'r haf. Hefyd, gosododd god fechan i hongian wrth do'r garafán. Fe geisiodd Tim gofio beth oedd yn y god honno, ond allai e ddim – beth bynnag, doedd ganddo fawr o ddiddordeb yn y peth. Doedd e ddim yn credu – fel yr hen wraig – fod yr hen dduwiau gynt yn cael eu bodloni wrth fynd trwy'r holl rigmarôl yma ar noswyl Calan Mai.

Safodd y garafán ar gomin llydan yn ymyl tre Rhuthun, ac roedd un garafán arall yno'r noson honno hefyd. Roedd teulu o bedwar ynddi – tad a mam a mab a merch. Yn gynharach yn y prynhawn roedd yr hen Edith Muir wedi prynu iâr ganddyn nhw, ar ôl dadlau am yn agos i awr am y pris. Saeson oedd y sipsiwn hyn a doedden nhw ddim yn rhai cyfeillgar iawn chwaith.

Ond roedd yr iâr bellach yn y crochan yn berwi'n braf ac roedd arogl hyfryd iawn yn dringo i'r awyr. Dan y crochan roedd y tân yn llosgi'n goch a Tim yn gofalu bod brigau sych wrth law bob tro y byddai'n dechrau pylu.

'Pam brynoch chi iâr gyda'r rheina, Anti Edith?' gofynnodd Tim. 'Oes gyda chi ddigon o arian 'te?'

'A! Mae'n noswyl Calan Mai, Tim, a ninne ar ein ffordd adre i Sir Benfro. Roedd rhaid i ni ddathlu rywsut.' Ond wedi dweud hyn roedd yr hen wraig wedi mynd yn ddistaw a gallai Tim weld deigryn gloyw yn ei llygaid hen wrth olau'r tân.

'Ydy hi'n . . . y . . . ddrwg iawn arnoch ar ôl Duncan, Anti Edith?' gofynnodd Tim yn herciog.

Ysgydwodd yr hen wraig ei phen. 'Hen Albanwr hanner call oedd e, Tim, hen feddwyn . . . rwy'n gwbod erbyn hyn na ddylwn i erioed fod wedi'i briodi e.'

'Am 'i fod e'n feddwyn?'

'Na, na. Mae 'na ddigon o feddwon ymysg ein pobol ni, Tim . . . na, nid hynny . . . ond am mai un o 'bobol tai' oedd Duncan – er iddo 'neud 'i ore i droi'n sipsi yn y blynyddoedd cynnar. Chware teg i Duncan, cofia, fe ofynnodd i fi lawer gwaith setlo i lawr gydag e . . . roedd e am gymryd tŷ mewn rhyw bentre bach ac agor busnes fel teiliwr . . . ond allwn i ddim meddwl . . . falle pe bawn i wedi trio bryd hynny, y bydde pethe wedi troi mas yn wahanol . . . ond fe ges i 'ngeni mewn carafán. Ro'n i'n meddwl y byddwn i'n torri 'nghalon pe bawn i'n gorfod gadael yr hen fywyd . . . dwi ddim mor siŵr erbyn hyn. Fe ddryses i fywyd Duncan ac fe ddrysodd e 'mywyd inne. Ddweda i ddim, cofia, na fuodd 'na gyfnode hapus – hapus iawn hefyd . . . yn enwedig pan fydde Duncan yn dod 'nôl yn sydyn a llond 'i bocedi o arian . . . rywfodd neu'i gilydd roedd e'n llwyddo i ddod o hyd i'r garafán er ein bod ni'n symud o hyd . . . ac am wythnose wedyn fe fydden ni'n hapus gyda'n gilydd . . . er y bydde fe'n feddw mawr y rhan fwyaf o'r amser . . . Unwaith fe adewes i'r garafán a mynd i fyw gydag e. Ro'n i wedi pallu mynd i fyw mewn tŷ . . . ond roedd e wedi gwneud tent mewn cae y tu allan i bentre lle roedd e wedi cael gwaith teilwra dros dro. Ond fuodd y fenter ddim yn llwyddiant . . . roedd e'n un parod iawn i gael annwyd . . . a doedd cysgu mewn tent ddim yn help o gwbwl . . .' Llithrodd llais cwynfanllyd yr hen wraig i'r distawrwydd. Daliodd Tim i edrych ar ei hwyneb yng ngolau'r tân. Gwelodd hi'n codi'i phen ymhen tipyn ac yn edrych arno.

'Rwyt ti wedi bod yn dda i fi, Tim,' meddai, 'a fydda i ddim yn anghofio. Ar ôl 'y nydd i fe fydd y garafán a phopeth sydd gen i yn dod i ti, cofia. Wyt ti'n falch ein bod ni ar ein ffordd 'nôl?'

'Ydw.'

'Ie. Sir Benfro, Sir Gaerfyrddin, Sir Aberteifi – dyna'n cylch ni ers llawer iawn o flynyddoedd bellach. Rwy inne'n teimlo fel tawn i'n mynd adre hefyd, Tim . . . charwn i ddim marw lan tua Glasgow ffor'na.'

'Peidiwch chi â sôn am farw am flynydde 'to, Anti Edith.'

Ysgydwodd yr hen wraig ei phen. 'Fe fyddi di'n mynd i'r fferm 'na, Dôl Nant, i gasglu'r hen gaseg a'r ebol?' gofynnodd gan newid y sgwrs yn sydyn. Atebodd Tim ddim am funud.

'Wel, fyddi di?'

'Bydda. Tybed a yw'r hen gaseg yn fyw o hyd . . . ro'dd hi'n hen iawn . . .'

'Un da oedd Alff, dy dad-cu, am geffyl. Roedd gydag e lygad i nabod un da o bell.'

'Oedd, ac roedd ganddo fe feddwl uchel o'r hen gaseg.'

'Wyt ti'n meddwl y bydd y bobol 'ma sy'n byw yn Nôl Nant yn debyg o geisio dweud mai nhw sy pia'r gaseg a'r ebol erbyn hyn? Cofia di, mae amser wedi mynd heibio . . .'

'Fi sy pia nhw,' meddai Tim.

'Ond rwyt ti wedi bod i ffwrdd mor hir . . . falle 'u bod nhw wedi'u gwerthu nhw.'

'Fyddai neb eisiau'r gaseg, roedd hi'n rhy hen . . . ond am yr ebol . . .'

Gadawodd y frawddeg ar ei hanner. Yn sydyn roedd arno frys cyrraedd Sir Benfro a'r darn tir comin hwnnw yn ymyl yr afon lle roedd ei dad-cu wedi marw, a'r ebol wedi cael ei eni.

Pennod 15

Fe gyrhaeddodd y Rolls Royce mawr glos Dôl Nant yn sydyn ac annisgwyl. Gwilym welodd y car anferth gyntaf. Am foment safodd yn nrws y tŷ yn edrych yn syn ar yr anghenfil gloyw a oedd wedi sefyll yn ei lawn urddas ar ganol y clos. Rhedodd Gwilym i'r tŷ cyn gweld neb yn disgyn ohono.

''Nhad! Mam!' gwaeddodd yn wyllt.

'Beth sy'n bod arnat ti 'te?' gofynnodd Megan, a oedd wrthi'n rhoi'r llestri te ar y bwrdd.

'Hei, mae Rolls Royce mowr tu fas! 'Nhad!'

Roedd Tom Ifans yn y stafell ffrynt yn darllen ei bapur newydd pan redodd Gwilym i mewn.

''Nhad! Rolls Royce!'

'Ble?' gofynnodd Tom Ifans, gan roi ei bapur i lawr.

'Ar ein clos ni, w! Mae e wedi stopo tu fas!'

'Y nefoedd fawr!' Neidiodd Tom Ifans ar ei draed. Roedd e wedi sylweddoli mewn amrantiad pwy oedd yn y Rolls a pham roedd e wedi dod i Ddôl Nant.

Rhuthrodd at waelod y grisiau gan weiddi, 'Meri! Dewch ar unwaith, mae e wedi dod!'

133

Roedd Meri Ifans wedi mynd i orwedd tipyn fel y byddai'n arfer gwneud ar brynhawn dydd Sul. Ond nawr dyma hi'n codi ac yn rhedeg yn frysiog i lawr y grisiau.

Gwelodd ei gŵr yn mynd am ddrws y ffrynt ac aeth ar ei ôl. Pan gyrhaeddodd y ddau'r cyntedd roedd drws y Rolls Royce ar agor ac roedd chauffeur mewn gwisg las a botymau aur wedi tynnu cadair olwyn o gefn y car mawr. Wedyn dyma fe'n gosod y gadair mewn man cyfleus ac yn mynd i agor y drws ar yr ochr lle roedd dyn pitw, bach a'i wyneb wedi crebachu fel afal wedi sychu'n grimp yn eistedd. Dyma'r chauffeur yn codi'r dyn bach yn ei freichiau ac yn ei roi'n dyner a gofalus yn y gadair olwyn. Yna dyma fe'n dechrau gwthio'r gadair olwyn o'i flaen at y tŷ. Ond erbyn hyn roedd Tom a Meri Ifans wedi cychwyn cerdded tuag atyn nhw.

Edrychodd y tamaid eiddil yn y gadair arnyn nhw.

'Mr a Mrs Ifans?' gofynnodd. Roedd ei lais fel gwichian hen ddrws ar golyn rhydlyd.

'Ie, syr,' atebodd Tom Ifans. 'Ydw i'n iawn yn meddwl mai Cyrnol Phillips, Bryn Brain, ydych chithe?'

'Ie, ie, wrth gwrs!' Roedd y dyn bach yn ddiamynedd, fel pe bai'n methu'n lân â deall bod eisiau gofyn y fath gwestiwn.

'Dewch i'r tŷ, syr. Croeso i chi i Ddôl Nant.

Dilynwch ni,' meddai Tom Ifans, gan droi at y chauffeur.

Aeth yr orymdaith fach i mewn i'r tŷ – Meri Ifans yn gyntaf yna'r gadair olwyn a'r hen ŵr bonheddig ynddi, y chauffeur ac yna Tom Ifans.

Arweiniodd Meri Ifans nhw i'r stafell ffrynt orau lle roedd Tom Ifans wedi bod yn darllen rai munudau ynghynt. Roedd Gwilym a Megan yn y stafell ginio o hyd, yn methu'n lân a deall beth oedd yn digwydd na phwy oedd yr ymwelydd pwysig oedd wedi cyrraedd Dôl Nant mewn Rolls Royce yn cael ei yrru gan chauffeur. Roedd y ddau wedi cael cip slei ar y dyn bach yn y gadair olwyn wrth i honno basio'r drws, ac roedd yr olwg ryfedd arno wedi gwneud iddyn nhw edrych ar ei gilydd yn syn.

Caeodd Tom Ifans ddrws y stafell ffrynt ar ei ôl, a chyn gynted ag y gwnaeth hynny, dyma'r hen ŵr bonheddig yn cyfarth arno.

'Nawr 'te, beth yw hyn ynglŷn â'r sipsi 'ma, Mr Ifans?'

'Fe gawsoch chi'n llythyr i?'

'Do! Do! Do! Fuaswn i ddim yma oni bai am hynny, ddyn.'

O, dyn bach pigog yw hwn, meddyliodd Tom Ifans. 'Wel, syr, garech chi i fi adrodd yr hanes o'r dechre?'

'Os gwelwch chi'n dda – os medrwch chi neud hynny heb wastraffu gormod o'n hamser ni i gyd.'

Gwnaeth arwydd ar y chauffeur ac aeth hwnnw allan.

Dechreuodd Tom Ifans adrodd yr hanes am Tim Boswel o'r foment y daethon nhw o hyd iddo fe yng nghwt yr hwyaid. Pan ddaeth at y fan yn yr hanes lle roedd Meri Ifans wedi agor yr amlen a dod o hyd i'r ddwy dystysgrif bwysig, dywedodd Cyrnol Phillips yn siarp, 'Rwy am 'u gweld nhw!' Gwnaeth Tom Ifans arwydd ar ei wraig. Ond doedd dim angen, roedd honno wedi mynd am y drws i fynd i fyny i'r llofft i'w stafell wely hi a'i gŵr i 'nôl yr amlen.

'Sut un yw – y sipsi 'ma?' gofynnodd yr hen ŵr bonheddig.

'Wel . . .'

'Ie, ie?'

'Bachgen gwallt du . . .'

'Gwallt du? Gwallt du? Ar ôl 'i fam felly . . . does dim gwallt du yn ein teulu ni.'

'A llygaid glas, glas – dipyn yn eithriadol o las, syr.'

Agorodd yr hen ŵr ei lygaid led y pen a synnodd Tom Ifans wrth weld yr un glas yn y rheini ag a welodd yn llygaid y sipsi. Wedyn mentrodd ddweud, 'Llygaid ei dad-cu, syr.'

'Ba!' wfftiodd yr hen ŵr. Yna daeth sŵn traed Meri Ifans yn rhuthro i lawr y grisiau. Ddywedodd yr un o'r ddau ddim nes oedd y drws wedi agor a Meri Ifans wedi dod i mewn a'r amlen yn ei llaw.

Estynnodd yr amlen i'r hen ŵr, ond ysgydwodd hwnnw 'i ben.

'Bob yn un, wedi'u hagor os gwelwch yn dda, madam.'

Cododd ei ddwy law a gwelodd y ddau eu bod wedi'u heffeithio'n ddrwg gan gryd cymalau.

Tynnodd Meri Ifans y ddwy dystysgrif o'r amlen. Agorodd y dystysgrif priodas yn gyntaf ac aeth at yr hen ŵr a'i dal yn agored o flaen ei lygaid. Plygodd yntau ymlaen yn ei gadair olwyn i edrych yn graff arni.

'Syr,' meddai Tom Ifans, 'oeddech chi'n gwbod?'

Disgwyliodd e a'i wraig i'r hen Gyrnol roi rhyw ateb ffroenuchel i'r cwestiwn yma. Ond yn rhyfedd iawn dywedodd mewn llais mwyn,

'Fe sgrifennodd Walter, fy unig fab, lythyr i mi o Ffrainc yn dweud 'i fod e wedi priodi'r sipsi. Wrth gwrs, do'n i ddim yn mynd i ddioddef ffolineb o'r fath yna yn ein teulu ni, ac ro'n i wedi penderfynu dad-wneud yr holl beth trwy orfodi Walter i gael ysgariad, y'ch chi'n deall. Y pryd hynny ro'n i'n meddwl 'i fod e wedi gneud rhywbeth anfaddeuol . . . ond wedyn . . . e ddaeth y llythyr o'r Swyddfa Ryfel yn dweud 'i fod e wedi'i ladd yn Ffrainc. Fe fuodd y wraig . . . y sipsi yn galw i 'ngweld i ym Mryn Brain cyn hynny. Fe wrthodes 'i gweld hi, neu fe wrthodes ganiatâd iddi ddod i'r tŷ. Fe weles hi trwy'r ffenest . . . roedd hi'n feichiog – yn disgwl plentyn . . . fe allwn i weld hynny.'

Estynnodd Meri Ifans y dystysgrif arall, sef tystysgrif geni Tim Boswel, ar agor, er mwyn i'r hen ŵr gael ei gweld. Edrychodd yn graff ar hon eto, fel pe bai am fanylu ar bob gair. Yna cododd ei ben bach, crebachlyd. 'Ble mae e? Ble mae'r bachgen?'

Ysgydwodd Tom Ifans ei ben.'Dim syniad, syr. Mae e wedi diflannu fel pe bai'r ddaear wedi'i lyncu fe . . . ers dwy flynedd.'

'Rwy am 'i weld e, y'ch chi'n deall? Ro'n i'n sylweddoli bod yna bosibilrwydd fod plentyn wedi'i eni i'r sipsi . . . ond fe alle fod wedi marw ar enedigaeth neu rywbeth. A beth bynnag, do'n i ddim am 'i arddel e na'i fam. Mae teulu Bryn Brain yn hen deulu o waed uchel, syr,' meddai gan edrych yn ffyrnig ar Tom Ifans, 'a do'n i ddim yn mynd i ddiodde gwaed sipsiwn yn gymysg ag e. Ond wrth fynd yn hŷn – rwy'n bedwar ugen a saith, syr – rwy wedi dechre cloffi rhwng dau feddwl. Fel mae pethe ar hyn o bryd, fe fydd y stad a phopeth yn mynd i Rodney, mab fy chwaer, ar fy ôl i. Does gen i ddim yn erbyn Rodney – mae gwaed gwŷr bonheddig yn 'i wythienne fe ar bob ochor. Ond rwy wedi bod yn meddwl yn ddiweddar – mae'r bachgen 'ma'n fab i Walter, etifedd Bryn Brain, ac mae'r tystysgrife yna'n profi hynny. A dweud y gwir, ro'n i wedi dechre gneud ymholiade'n dawel bach cyn clywed gan y ficer am eich ymweliad chi â Bryn Brain.'

'Chi anfonodd y ditectif, syr?' gofynnodd Meri Ifans.

'Ie, ond fe fethodd y twpsyn ddarganfod dim, er i fi orfod talu'n hallt iddo!'

'Y . . . maddeuwch i fi am ofyn, syr,' meddai Tom Ifans, 'ond oeddech chi'n meddwl newid eich ewyllys?'

Ysgydwodd yr hen ŵr bonheddig ei ben.

'Rwy am weld y crwt, a siarad ag e. Hynny'n gynta. Rwy am weld faint o'r sipsi a faint o deulu Bryn Brain sy ynddo fe.'

'Does gen i ddim syniad sut mae dod o hyd iddo, syr,' eglurodd Tom Ifans, 'ond falle daw e'n ôl 'ma ryw ddiwrnod; mae 'ma ebol yn perthyn iddo fe. Roedd 'ma hen gaseg hefyd ond mae hi wedi marw o henaint ers blwyddyn bellach.'

'Wel,' meddai'r cyrnol bach, 'os daw e cyn i fi gau'n llyged am y tro ola, rwy am i chi roi gwbod i fi, os medrwch chi, ac fe ddo' i'w weld e os galla i. Os daw e'n rhy hwyr, bydd yr ewyllys yn aros fel y mae hi ac fe fydd Rodney'n etifeddu Bryn Brain. Ewch, madam, os gwelwch chi'n dda, i alw ar y tipyn chauffeur 'na sy gen i.'

'Rhaid i chi aros i gael te gyda ni, syr,' meddai Meri Ifans.

'Te, madam?' meddai'r dyn bach a'i wyneb yn crebachu'n wên gam. 'Dwi ddim yn bwyta ond un pryd o fwyd y dydd ers blynyddoedd, ac rwy wedi cael hwnnw am heddi.'

Roedd y pedwar aelod o deulu Dôl Nant ar ben y drws yn gwylio'r Rolls Royce yn mynd yn urddasol, araf am fwlch y clos. Cyn gynted ag yr aeth o'r golwg i fyny'r lôn am y briffordd trodd Megan at ei mam a'i thad.

'Pwy oedd hwnna, Mami? Dadi, pwy oedd e?'

Edrychodd Tom a Meri Ifans ar ei gilydd a nodiodd y naill ar y llall. Yna rhoddodd Tom Ifans fraich am ysgwydd pob un o'i ddau blentyn.

'Dewch i'r tŷ,' meddai. 'Mae'n stori rhy hir i'w hadrodd ar ben y drws fan yma.'

Eisteddodd y pedwar i gael eu te. 'Wel?' gofynnodd Megan yn ddiamynedd.

'Wel,' meddai ei thad, 'ry'ch chi eisie gwbod pwy oedd y gŵr bonheddig bach, rhyfedd yna yn y Rolls Royce?'

'Ydyn,' meddai Gwilym.

'Wel, hwnna oedd y Cyrnol John Phillips, plas Bryn Brain, tad-cu Tim Boswel.'

'Beth?' Roedd Gwilym wedi neidio ar ei draed a Megan wedi gollwng y llwy o'i llaw ar hanner troi ei the.

'O peidiwch â jocan, Dadi,' dwrdiodd Megan.

'Dyw e ddim yn jocan, Megan, wir i ti,' meddai ei mam.

Yna aeth Tom Ifans ati i ddweud yr holl hanes wrth ei blant.

Wrth wrando'r stori ryfedd roedd meddyliau gwahanol yn mynd trwy bennau'r ddau. Roedd

Gwilym yn cofio Tim y tro cyntaf y gwelodd e – yn gorwedd yn y gwellt yng nghwt yr hwyaid, yn garpiog, yn fawlyd, yn swil.

Cofiodd Megan amdano'n dianc i fyny'r lôn a'i hen siwmper goch hi amdano. Cofiodd iddi weiddi ei fod wedi dwyn ei siwmper. Cofiodd hefyd fel roedd wedi'i wawdio am mai sipsi oedd e. Ond roedd gwaed hen deulu bonheddig yn ei wythiennau e wedi'r cyfan! Lledodd gwrid yn araf dros ei hwyneb tlws.

Pennod 16

Cyrhaeddodd Tim Boswel a'i hen fodryb 'nôl ar dir comin Rhos Goch ymhen wythnos union ar ôl gadael tre Rhuthun. Doedden nhw ddim wedi loetran ar y ffordd wedyn. Roedd Deisi'r gaseg wedi cael ei gyrru'n gyflym ar y ffyrdd gwastad. Dim ond unwaith roedden nhw wedi aros, sef yn nhre Dolgellau, a hithau'n ddiwrnod marchnad yno.

Bob nos ar ôl tynnu'r garafán i mewn ar ryw dir glas wrth ymyl y ffordd bu Tim yn brysur yn plethu'r gwiail ifanc i wneud basgedi. Roedd y gwiail, yr amser hwnnw o'r flwyddyn, yn tyfu wrth y miloedd ar lannau nentydd bach y wlad, ac roedd ganddo stôr dda ohonyn nhw wedi'u clymu yng nghefn y garafán. Roedd yr hen wraig yn fedrus iawn wrth y gwaith hefyd, er bod y cryd cymalau yn bur ddrwg yn ei bysedd.

Erbyn cyrraedd Dolgellau roedd ganddyn nhw ryw ddwsin o fasgedi gwyn, glân i'w gwerthu, a phan welon nhw'r dorf oedd wedi dod ynghyd i'r farchnad yno, fe benderfynon nhw aros i geisio cael gwared ohonyn nhw trwy'u gwerthu i'r gwragedd a'r merched ffermydd a oedd wedi dod i'r dre y diwrnod hwnnw i werthu eu nwyddau eu hunain – pethau fel wyau, menyn a chaws.

A dyna sut y gwelodd Tim y ferlen winau.

Roedd hi'n sefyll yn llonydd wrth dalcen un o dafarnau'r dre ac ebol cryf tua thri neu bedwar mis oed yn ei hymyl. Safodd Tim yn stond i edrych arni. Doedd hi ddim yn greadur glân a phrydferth iawn oherwydd doedd hi ddim wedi'i thrwsio. Roedd ei chot yn arw a'i mwng yn ddryswch, a doedd yr ebol ddim yn edrych fawr iawn gwell. Ond roedd Tim wedi'i ddysgu gan ei dad-cu i nabod ceffyl da, ac roedd e'n gwybod bod y ferlen yn un werthfawr er gwaetha'i chyflwr ar y pryd – a'r got arw a'r llaid ar ei choesau. Roedd yr ebol hefyd wrth ei fodd.

Edrychodd o'i gwmpas. Pwy oedd y perchennog, tybed? Daeth dyn tew allan o'r dafarn.

'Esgusodwch fi,' meddai Tim, 'ydych chi'n gwybod pwy yw perchen y ferlen a'r ebol?'

'Fi,' atebodd y dyn. Roedd ei wyneb yn goch ac roedd hi'n amlwg ei fod wedi yfed glasied bach yn ormod. 'Pam, oes awydd arnat ti 'i phrynu hi?'

Ysgydwodd Tim ei ben. Sawl gwaith roedd e wedi clywed sipsiwn yn prynu ac yn gwerthu ceffylau? Cofiodd am eu cyfrwystra, eu celwyddau mawr a'u taeru, y troi i ffwrdd fel pe baen nhw wedi gorffen bargeinio, yna'r troi'n ôl sydyn, ac yn y diwedd y taro llaw ar law a'r fargen wedi'i selio.

143

'Beth sy'n bod arni?' meddai'r perchen yn gwerylgar. 'Beth sy'n bod ar bob un yn y farchnad 'ma heddi? Mae hyd yn oed sipsiwn yn codi'u trwyne ar fargen!'

Erbyn hyn roedd yr hen Edith wedi dod a sefyll yn ymyl Tim.

'Wyt ti'n ffansïo'r ferlen a'r ebol?' gofynnodd yng nghlust y bachgen. Winciodd Tim arni.

'Faint wyt ti'n 'i ofyn?' gofynnodd Tim. Roedd ei feddwl chwim wedi deall fod y ferlen yn aros heb ei gwerthu er iddi fod yn y farchnad ers y bore. Deallodd hefyd fod y ffermwr yn awyddus iawn i'w gwerthu. Byddai'r cyfan hyn o fantais iddo. Teimlodd dipyn yn gynhyrfus. Er pan oedd yn blentyn bach roedd e wedi breuddwydio am y dydd pan fyddai'n ddigon hen i fargeinio fel y byddai ei dad-cu'n arfer gwneud, a Sol Burton a'r lleill. Prynu ceffylau'n rhad a'u gwerthu am bris llawer uwch – dyna ffordd dda i sipsi wneud bywoliaeth. Cael y gorau ar ffermwyr a phobol tai wrth fargeinio – roedd hynny'n werth chweil!

'Pum punt ar hugain am y ddau,' meddai'r ffermwr, 'gan 'i bod hi'n mynd yn hwyr yn y dydd a'r farchnad yn ddrwg heddi . . .'

Chwarddodd Tim yn uchel. 'Pum punt ar hugen am ferlen ac ebol! Rwy newydd ddod o Loeger, ac rwy'n meddwl yr a' i 'nôl 'na cynted ag y galla i os yw merlod yn costio cymaint â hynny yng Nghymru 'ma. Na, na; rwy ar y ffordd lawr i Sir Benfro – maen nhw dipyn yn rhatach lawr ffor'na.'

Gwrando'n astud ar y siarad roedd yr hen wraig. Roedd y crwt yn ben bargeiniwr, meddyliodd. Ond roedd hi'n gwybod mai dim ond dechrau roedd y bargeinio.

'Ba! Rwy'n nabod dy siort di,' meddai'r ffermwr. 'Ry'ch chi'n prynu rhyw hen grocs am y peth nesa i ddim a'u gwerthu nhw wedyn i ddynion twp fel ceffyle sownd . . . dy'ch chi byth yn fodlon talu pris teilwng am geffyl da.'

'Ceffyl' meddai Tim yn wawdlyd. 'Ond merlen yw hon, ddyn! Fe rodda i ddeuddeg punt i chi amdani hi a'r ebol – i fynd â nhw oddi ar eich dwylo chi.'

Tro'r ffermwr oedd hi i chwerthin nawr. Erbyn hyn hefyd roedd twr o bobol wedi ymgasglu i wrando ar yr hocan. Trodd y ffermwr at y dorf.

'Y'ch chi'n gweld,' meddai'n uchel, 'dyna sy'n dod o geisio taro bargen â sipsiwn; dyw'r pres – dyw'r arian ddim gyda nhw i dalu pris teg am ddim byd. Gwranda, sipsi,' meddai gan droi'n ôl at Tim, 'dangos di ugen sofren i fi yn dy law ac fe'u cei di nhw. Nawr 'te, gad i ni weld lliw dy arian di, 'machgen i?'

Ysgydwodd Tim ei ben. Doedd ganddo ddim ugain sofren yn y byd, ond roedd ganddo bymtheg – wedi'u casglu at ei gilydd trwy weithio'n galed a byw'n ofalus yn y garafán gyda'i fodryb.

'Dwi'n synnu dim eich bod chi wedi methu gwerthu 'ma heddi, syr. Mae ffermwyr, a phawb o gwmpas y lle 'ma'n gwybod gwerth creaduried fel hyn. Fachgen, fe ellwch brynu ceffyl hela deunaw llaw yn Lloeger am y pris 'na. Ond gan fod arna i eisie merlen, fel mae'n digwydd, ar hyn o bryd . . . fe rodda i un cynnig arall i chi . . .'

'Tim, na!' meddai'r hen Edith, fel pe bai mewn poen. Ond aeth Tim yn ei flaen heb gymryd sylw ohoni.

'Mae gen i bymtheg sofren felen . . .'

'O na, Tim, paid wir!' meddai'r hen wraig, gan gydio yn ei fraich a cheisio'i dynnu gyda hi. 'Maddeuwch iddo, syr. Crwt ifanc yw e, a thipyn bach yn wyllt. Peidiwch â chymryd sylw o'i gynnig e. Tyn y cynnig 'na'n ôl ar unwaith, Tim, os gweli di'n dda. Rwyt ti'n gwbod yn iawn nad yw'r ddau 'ma ddim gwerth pymtheg punt – gofyn i'r bobol 'ma fan hyn.'

Roedd Tim yn teimlo fel gwenu am ei fod e'n gwybod nad oedd hyn yn ddim ond rhagor o driciau bargeinio, ac roedd wedi'u clywed lawer gwaith o'r blaen.

'O, wel, falle 'mod i wedi cynnig gormod,' meddai, gan adael i'r hen wraig ei arwain i ffwrdd gerfydd ei fraich. Agorodd y dorf i wneud lle iddyn nhw. Roedd y garafán yn sefyll yn ymyl a'r gaseg yn llonydd yn y siafft. Ond cyn i'r ddau ddringo i fyny i'r garafán daeth sŵn gwaedd y tu ôl iddyn nhw. Roedd y ffermwr – perchen y ferlen a'r ebol – yn dod ar eu hôl. Gwasgodd yr hen Edith fraich Tim.

'Hei, sipsi!' gwaeddodd y ffermwr. Trodd Tim a'i law ar ffrwyn y gaseg. Daeth y ffermwr atyn nhw.

'Hei, os wyt ti o ddifri, ac os yw'r cynnig yn dal, a'r pymtheg punt yn barod . . . ti pia nhw.'

Edrychodd Tim ar ei fodryb, ac yna'n ôl ar y ffermwr, fel pe bai'n meddwl yn galed. Roedd yn edrych fel pe bai'n edifar ganddo iddo gynnig swm mor fawr.

'A, wel,' meddai, 'cynnig yw cynnig,' ac estynnodd ei law i'r ffermwr. Trawodd hwnnw hi a'i law agored ei hunan. Wedyn aeth y ffermwr i 'nôl y ferlen a'r ebol ac aeth Tim i berfeddion y garafán i 'nôl yr arian i dalu amdanyn nhw. Teimlai'n hapus dros ben ei fod wedi taro'i fargen fawr gyntaf. Y peth nesaf oedd cael elw da o'r fargen. Roedd ei reddf i adnabod anifail da (a ddysgodd gan ei dad-cu yn bennaf), yn dweud wrtho fod y ferlen a'r ebol yn werth o leiaf bum punt ar hugain, sef y pris roedd y ffermwr wedi'i ofyn y tro cyntaf. Ac os oedd ei reddf yn iawn fe allai e werthu'r ddau am y pris hwnnw, a gwneud deg punt o elw. Dyna'r ffordd i sipsi fyw, meddyliodd, nid wrth werthu basgedi gwiail a phegs dillad a rhyw fân bethau felly.

Dyna'r meddyliau oedd yn mynd trwy ben Tim

Boswel y prynhawn hwnnw wrth ddringo i ben y rhiw o dre Dolgellau. Er nad oedd ond un ar bymtheg oed, roedd e eisoes wedi tyfu'n ddyn.

Fe gafodd y sipsiwn ar gomin Rhos Goch gryn syndod i weld carafán yr hen Edith yn glanio yn eu canol. Roedd hi wedi bod i ffwrdd oddi wrth ei phobol mor hir, a phrin fod neb yn adnabod y bachgen ifanc oedd gyda hi, nes iddi egluro pwy oedd e.

Tynnodd Tim y gaseg yn rhydd a gadael iddi bori'r borfa ifanc oedd glasu'r comin yr amser hwnnw o'r flwyddyn. Yna aeth i chwilio am goed sych i wneud tân. Roedd hi'n noson hyfryd o Fai a'r adar yn canu. Dringai mwg tanau'r sipsiwn yn syth i'r awyr wrth i'r plant bach chwarae o gwmpas y carafannau gan weiddi a chwerthin yn llawen. Roedd ceffylau o bob math yn cropian y borfa yma a thraw, rhai wedi'u clymu ac eraill yn rhydd i grwydro ble mynnen nhw.

Taflodd Tim lygad ar y ferlen winau a'i hebol, oedd hefyd yn pori'i chalon hi. Erbyn hyn roedd e wedi datrys y mwng dryslyd ac wedi sgrafellu a brwsio cot y gaseg fach, ac roedd hi'n syndod faint o wahaniaeth roedd hynny wedi'i wneud. Edrychodd arni nawr gyda balchder mawr iawn. Roedd e'n gwybod ei fod wedi cael bargen yn Nolgellau. Roedd e'n gwybod erbyn hyn ei bod hi nid yn unig yn greadur hardd, ond yn ufudd ac yn addfwyn ei thymer hefyd.

Buodd raid iddo grwydro'n go bell oddi wrth y comin cyn cael digon o goed i wneud tân. Roedd llawer o sipsiwn yn aros ar gomin Rhos Goch, a phob un o'r rheini'n chwilio o gwmpas am goed i wneud tân i'w cadw'n gynnes ac i goginio'u bwyd. Doedd dim syndod felly i Tim orfod mynd yn go bell cyn cael yr hyn oedd angen arno.

Dringodd i ben bryn bach uwchben y comin. Roedd yr haul yn machlud yn goch yn y gorllewin; ond nid ar brydferthwch y machlud roedd llygaid Tim. Syllu ar carafannau ar y comin dano roedd e – y tanau a'r mwg, gwisgoedd lliwgar y merched yn cerdded o gwmpas, y ceffylau a'r cŵn – a theimlodd ryw hapusrwydd mawr nad oedd wedi'i deimlo ers i'w dad-cu farw ar y noson stormus honno, ar gomin arall, heb fod ymhell iawn o'r fan lle roedd e'n sefyll nawr. Yna, a'i fwndel coed sych o dan ei fraich, cychwynnodd ar ei ffordd 'nôl.

Y noson honno fe ddaeth y sipsiwn eraill i gyd ynghyd wrth garafán yr hen Edith Muir. Roedden nhw'n eistedd yn rhes o gylch y tân roedd Tim wedi'i gynnau ar y glaswellt, a nawr, a'r nos wedi dod, taflai'r fflamau eu golau dros wynebau'r hen sipsiwn, a oedd wedi hawlio'r lle nesaf at y tân wrth i'r pibellau clai fygu yng nghegau'r dynion a'r gwragedd.

Roedden nhw i gyd wedi dod at garafán Edith Muir y noson honno am ei bod hi wedi bod i ffwrdd oddi wrth ei pbobol mor hir ac am ei bod wedi colli ei gŵr.

Roedd gan yr hen Edith lawer i'w ddweud wrth y lleill am yr Alban ac am yr hyn a oedd wedi digwydd iddi hi a Tim ar eu teithiau pell. Roedd Tim wedi sylwi bod yr hen wraig yn llawer hapusach ar ôl claddu Duncan, a doedd e ddim yn gallu dyfalu sut allai hynny fod. Ond doedd dim dadl o gwbwl fod yr hen Edith yn llawer iawn mwy llawen a chellweirus y noson honno nag y bu erioed yn ystod bywyd ei gŵr. Ac eto roedd hi wedi'i ddilyn a'i groesawu'n ôl i'r garafán gynifer o weithiau; ac roedd hi wedi treulio bron ddwy flynedd yn yr Alban er mwyn cael bod yn agos at y dyn a oedd yn gwneud ei orau i gilio oddi wrthi – a hynny er bod ei chalon yng Nghymru gyda'i phobol ei hun. Rhai od oedd menywod, meddyliodd Tim.

Roedd pump o ferched ifanc tua'r un oed â Tim o gwmpas y tân, yn gwrando ar y sipsiwn hyn yn adrodd eu storïau ac yn dadlau. Roedd Meg a Ruth Burton yno, efeilliaid ac wyresau'r hen Sol Burton ofnadwy hwnnw gynt. Ond doedd dim yn ofnadwy am rhain. Roedden nhw wedi tyfu'n ddwy ferch hardd iawn ac mor debyg i'w gilydd â dwy ffeuen. Sylwodd Tim fod y ddwy yn taflu llygaid duon, direidus arno pan nad oedd neb yn gweld. Wedyn roedd Cathrin Lee a Sandra, dwy chwaer, a oedd wedi eistedd bron yn ei ymyl ar y borfa. Ond roedd Cathrin Lee yn ugain oed ac wedi dyweddïo â rhywun – neu dyna roedd Tim yn ei ddeall oddi wrth y siarad oedd yn mynd ymlaen. Ac roedd yno un ferch arall nad oedd Tim yn gwybod ei henw na dim o'i hanes. Pwy allai hi fod? Doedd e erioed wedi'i gweld hi o'r blaen.

'Wel, Tim,' meddai'r hen Seci Wood, 'hidiwn i ddim llawer rhoi cynnig i ti am y gaseg a'r ebol bach 'na sy gyda ti.'

Roedd yr hen ŵr wedi sylwi ar ragoriaethau'r ferlen a'i hebol! Teimlodd Tim yn falch.

'Faint fyddet ti'n debyg o ofyn amdanyn nhw, fachgen?' gofynnodd yr hen ŵr wedyn.

'A! Dwi ddim am werthu,' meddai Tim, 'rwy am 'u dangos nhw yn ffair Crymych ddydd Llun nesa. Os ca' i ddeg punt ar hugen fan'ny, wel, falle cân nhw fynd.'

'Does bosib y cei di bris fel'na am ferlen, Tim, yn ffair Crymych nac mewn un ffair arall. Chi'n gwybod, bobol, ro'n i lawr ochr Aberdaugleddau fan'na'r wythnos diwetha ac fe gwrddes â gŵr bonheddig mewn motor car mowr. Roedd crwt a chroten fach gydag e ac fe fuodd raid i'r car stopo gan fod dim digon o le iddo fe a'r garafán basio'i gily'. Roedd y crwt a'r groten fach eisie aros i weld y tri ceffyl 'na s'gen i. Ac fe ofynnodd y gŵr bonheddig a o'n i'n gwbod am ferlen fach . . . roedd e'n fodlon talu arian da am un fach, dawel fe ddwedodd y rhodde fe bymtheg punt o ga'l un wrth 'i fodd. Fe addewes i alw wedyn gydag e pe bawn i'n dod o hyd i rywbeth. Jawch i, Tim, fe rown i beder punt ar ddeg i ti am y gaseg fach . . . fe fydd yn deg i fi ga'l punt o elw am fynd â hi lawr i Aberdaugleddau.'

'Fe fydd raid i'r ebol fynd gyda hi pan fydd hi'n mynd,' nododd Tim, 'a falle yr a' i gyfeiriad Aberdaugleddau 'na'n hunan . . .' a dechreuodd chwerthin.

'Fe rodda i ddeunaw punt i ti am y gaseg a'r ebol, ac rwy'n cynnig cymaint â hynna am 'mod i'n hen ffrindie â dy dad-cu . . .'

Tair punt o elw. Teimlodd Tim yn llawen iawn. Roedd e wedi cael cynnig tair punt yn uwch na'r hyn roedd e wedi'i dalu yn Nolgellau! Tair punt o elw ar un ddêl! Byddai'r hen Alff Boswel yn falch o'i ŵyr. Roedd hi'n demtasiwn fawr i dderbyn cynnig yr hen Seci Wood. Roedd deryn mewn llaw'n well na dau mewn llwyn – ac eto, roedd e wedi rhoi'i feddwl ar fwy na thair punt o elw – roedd e am ddeg o leia. 'Fe gân nhw gymryd 'u siawns yn y ffair,' meddai.

Yna sylwodd fod llygaid y ferch ddieithr ar ei wyneb. Yng ngolau'r tân meddyliodd fod hanner gwên fach yn chwarae o gwmpas ei gwefusau. Teimlodd ei galon yn curo'n gyflymach. Pwy oedd hi, a pham roedd hi'n cael effaith felly arno? Gwelodd hi'n taflu'i phen yn ôl i gael gwared o'r gwallt hir, tywyll a oedd yn hongian dros ei hwyneb tlws. Penderfynodd ofyn i'w fodryb, ar y cyfle cynta, pwy oedd hi.

Fe fuodd y sipsiwn ar eu traed yn hwyr y noson honno, nes bod y tân wedi llosgi'n lludw. Cafodd llawer o hanesion difyr eu hadrodd yng ngwres y fflamau cyn noswylio o'r diwedd, a chlywodd Tim Boswel lawer o sôn am geffylau, ffeiriau a bargeinio ar ei noson gyntaf ar ôl dod 'nôl at ei bobol ei hun, ar gomin Rhos Goch.

Pennod 17

Gwerthodd Tim Boswel y ferlen a'i hebol yn ffair Crymych am bedair punt ar hugain a phymtheg swllt i ffermwr o ardal Aberteifi, wedi hir hocan a thaeru a bargeinio. Roedd y ffermwr wedi mynnu cael pum swllt 'o lwc' yn ôl o'r pum punt ar hugain roedd Tim yn mynnu eu cael am y ddau. Ond roedd y sipsi'n ddigon bodlon ar y ddêl serch hynny.

Yn y ffair y prynhawn hwnnw fe brynodd Tim rywbeth y buodd yn meddwl ei brynu ers mwy na blwyddyn, sef milgi. Doedd e ddim yn filgi o waed pur chwaith oherwydd roedd blewyn garw ar ei gorff main, ac fel mae pawb yn gwybod, croen llyfn sydd gan filgwn o frid pur. Ond roedd e'n edrych yn gi deallus a Tim yn siŵr y gallai ei hyfforddi i fod yn gi da at y gwaith oedd ganddo mewn golwg, sef dal cwningod ac ysgyfarnogod ar y slei ar dir pobol eraill. Un llwyd oedd y ci ac roedd e'n cerdded ogwmpas â golwg 'wedi difaru dod i'r byd' arno. Ond roedd hynny hefyd yn nodweddiadol o'r brid yma.

Fe gostiodd y ci bymtheg swllt i Tim, a nawr

roedd e'n cerdded o gwmpas y ffair a'r anifail ar linyn ganddo. Roedd e'n edrych yn sipsi bob modfedd ohono, a'r milgi wrth ei sodlau a'r mwffler lliwgar am ei wddf a'r trowsus tyn am ei goesau.

Ond nid pymtheg swllt oedd y cyfan a wariodd Tim Boswel yn ffair Crymych. Roedd yr hen Edith wedi bod yn sôn yn ddiweddar fod angen troli arni i fynd o gwmpas y tai i werthu ac i fegian ac i ddweud ffortiwn, gan ei bod wedi mynd yn rhy hen ac anystwyth gan gryd cymalau i gerdded ymhell mwyach. Troli oedd enw'r sipsiwn ar fath o gart ysgafn, fflat y bydden nhw'n ei ddefnyddio i gludo pethau fel pegiau, basgedi, haearn sgrap a nwyddau o bob math. Tua chanol y prynhawn, wedi cerdded o gwmpas i edrych ar bopeth yn y ffair, fe welodd Tim yr union beth oedd ei eisiau ar ei fodryb, sef troli fach, dwt a dwy olwyn ysgafn, yn cael ei thynnu gan ferlyn mynydd, blewog. Wedi holi deallodd mai un o sipsiwn Sir Gaerfyrddin, Paddy Smith, oedd perchen y droli a'r merlyn. Roedd gan Paddy droli arall yn y ffair, un fwy o faint. Yn honno roedd ei wraig a'i blant lluosog wedi dod i'r ffair y diwrnod hwnnw. Yn ffodus i Tim Boswel roedd ar Paddy angen mawr am dipyn o arian sychion yn ei law, gan fod ei deulu mor niferus, ac wedi awr gyfan o ddadlau, fe gafodd y droli a'r merlyn blewog am ddeuddeg punt.

Roedd hi'n hwyr y prynhawn erbyn hyn, ac aeth Tim − a'r milgi llwyd gydag e − am dro o gwmpas stondinau'r ffair. Roedd y goleuadau eisoes ynghynn o gwmpas y ceffylau bach a'r stondinau saethu er nad oedd hi ond wedi dechrau nosi, ac roedd sŵn y miwsig yn fyddarol.

Ac yna fe'i gwelodd hi!

Roedd e newydd fod yn trio'i law ar y stondin saethu, ac wedi troi i symud ymlaen at stondin arall pan fuodd bron â tharo yn ei herbyn: Megan Dôl Nant!

Fe wnaeth y ddau adnabod ei gilydd ar unwaith, er bod y ddau wedi newid llawer ers iddyn nhw weld ei gilydd o'r blaen. Daliodd Tim ei anadl wrth edrych arni. Roedd ganddi ryw fath o het neu fonet o ddefnydd ysgafn ac o dan yr het yr wyneb delicét, prydferth a'r gwallt golau'n gwthio allan yn bryfoclyd. Ffrog wen, lân a rhimyn tenau o goch am y godre ac am y goler a'r wasg.

Edrychodd hithau'n hir ar y bachgen o'i blaen. Synnodd fel roedd e wedi tyfu. Roedd e'n edrych mor gryf ac mor henaidd rywsut.

A'i lygaid, meddyliodd. Oedden nhw'n arfer bod mor eithriadol o las?

'Helô,' meddai Tim. Erbyn hyn roedd e wedi sylwi bod dwy ferch ifanc arall gyda Megan. Roedd rheini wedi symud ymlaen gam neu ddau gan edrych 'nôl yn syn ar eu ffrind, a oedd wedi aros i siarad ag un o'r sipsiwn!

'Ble y'ch chi wedi bod?' gofynnodd Megan.

'Mae'n stori hir . . . rwy wedi bod i ffwrdd . . .'

'Pam ddaethoch chi'n ôl?'

Cododd Tim ei aeliau. 'Wel, do'n i ddim wedi meddwl aros i ffwrdd am byth. Y . . . gaseg . . . a'r ebol? Ydyn nhw'n iawn?'

'Mae'r gaseg wedi marw . . .'

'O?' Roedd llais Tim yn llawn siom.

'Llynedd – blwyddyn i nawr. Fe orweddodd lawr yn y cae a marw.'

'O!'

Roedd yna ddistawrwydd rhyngddyn nhw am foment.

'A'r ebol?' gofynnodd Tim.

'Mae e'n iawn . . . mae e'n geffyl nawr, nid ebol.'

'Mi fydda i'n dod i'w mofyn e.'

'Pryd?'

Sylwodd Tim ar yr olwg ofidus ar wyneb hardd Megan. 'Fory, mwy na thebyg.'

Dechreuodd Megan wrido. Roedd e'n swnio mor ddifater, mor awdurdodol. Ar ôl dwy flynedd roedd e'n golygu dod i Ddôl Nant a mynd â'r ebol gydag e! Edrychodd yn ddig arno a'i llygaid yn fflachio. Am y tro cyntaf gwelodd y milgi yn ei ymyl. I Megan roedd rhywbeth yn wrthun am y creadur garw a'i gynffon rhwng ei goesau. Yna edrychodd ar y trowsus tyn am goesau Tim ac ar y mwffler am ei wddf. Sipsi oedd hwn, meddyliodd. Fyddai hen ŵr bonheddig Bryn Brain byth yn arddel hwn.

Gwelodd ei dwy ffrind yn gwenu braidd yn wawdlyd arni, a gwridodd yn waeth. Byddai raid iddi fynd a'i adael ar unwaith. Ond tybed a allai hi ei rwystro rhag dod i Ddôl Nant i nôl Fflach?

'Mae 'na bobol wedi bod yn chwilio amdanoch chi,' meddai.

'Yr heddlu, iefe?'

'Ie, fe fuodd ditectif unwaith . . .'

'Beth oedd e eisie?'

'Eisie dod o hyd i chi.'

'Ba!' wfftiodd Tim. 'Dwi ddim wedi neud dim drwg. Fe fues i'n ddigon dwl i redeg bant o'r bla'n . . . ond crwt bach o'n i pry'nny. O ie, mae gyda fi rywbeth sy'n perthyn i chi hefyd.'

'Beth yw e?'

'Fe gewch chi weld fory . . . fe wna i ddod ag e. Ydy'ch tad a'ch mam a'ch brawd yn iawn?'

'Ydyn.' Sylweddolodd Megan y dylai ddweud wrtho am yr hen ŵr bonheddig yn y Rolls mawr oedd wedi bod yn holi amdano, ond wnaeth hi ddim.

'Mae 'na waled hefyd,' meddai Tim. 'Dwedwch wrth eich tad a'ch mam y bydda i'n galw am honno . . .'

Roedd dau sipsi ifanc a oedd wedi cael glasied neu ddau'n ormod wedi dod heibio ac wedi aros ar ôl nabod Tim a gweld y ferch hardd oedd yn siarad ag e. 'Dere â hi 'nôl i'r comin, heno, Tim!' gwaeddodd un ohonyn nhw.

'Ie, a'r ddwy arall 'na hefyd, mwsh*!' meddai'r llall. Roedd wyneb Megan wedi fflamio wedyn a hyd yn oed Tim wedi gwrido ychydig dan liw'r haul a'r gwynt ar ei wyneb. Rhuthrodd Megan oddi wrtho ac at ei dwy ffrind, a chwarddodd y ddau sipsi meddw'n uchel.

Yna roedd y tair wedi diflannu yng nghanol y dorf o gwmpas y stondinau.

Y bore wedi ffair Crymych cododd Tim Boswel yn gynnar ac aeth i lawr i'r nant i ymolchi ac i mofyn dŵr i wneud te. Roedd y gwlith yn gorwedd ar y borfa fer ac roedd distawrwydd y bore bach o gwmpas y lle i gyd.

Gosododd yr hen fwced tolciog oedd ganddo i ddal dŵr i lawr wrth y nant ac aeth ar ei benliniau a chodi llond ei ddwylo sawl gwaith o ddŵr oer dros ei wyneb. Doedd ganddo ddim sebon na thywel. Sychodd ei wyneb â'i fwffler coch a gwyn. Pan oedd ar fin rhoi'r bwced yn y dŵr i'w lenwi, gwelodd ferch ifanc yn dod tuag ato a stên yn ei llaw.

Sylweddolodd mai dyma'r ferch ddieithr a welodd y tro cyntaf wrth y tân y noson y cyrhaeddodd e a'i hen fodryb 'nôl o Glasgow. Erbyn hyn roedd Tim yn gwybod ychydig mwy amdani. Ei henw oedd Eldora Wood, merch i frawd Seci

---

*Enw'r sipsiwn ar ei gilydd.

Wood, a oedd wedi priodi â Gwyddeles. Ymhen rhai blynyddoedd roedd tad y ferch wedi marw ac roedd y Wyddeles wedi rhedeg bant gyda rhyw Sais a gadael ei merch fach, a oedd bryd hynny tua deg oed, ar y comin heb neb i ofalu amdani. Yna roedd Seci a'i wraig wedi cymryd gofal ohoni a'i magu fel merch iddyn nhw'u hunain.

Gwyliodd Tim hi'n dod tuag ato. Roedd hi newydd gribo'i gwallt du, gloyw, ac yn cerdded yn droednoeth trwy'r gwlith.

'Bore da, Eldora,' meddai Tim. 'Wedi codi'n fore heddi.'

'A tithe, Tim Boswel,' atebodd y ferch, 'beth sy'n bod? Wedi gwlychu'r gwely?'

Gwenodd Tim. Roedd hi'n hen arferiad gan y sipsiwn, os byddai rhywun wedi codi'n fore iawn (rhywbeth go anarferol yn eu hanes nhw), i ofyn iddo a oedd wedi gwlychu'r gwely.

'Na,' atebodd Tim, 'fe fyddwn ni'n symud 'mlan bore 'ma.'

'O?' A oedd tinc bach siomedigyn y llais? Allai Tim ddim bod yn siŵr.

'Dwi ddim yn credu mewn aros yn unman yn rhy hir,' meddai. 'Peth arall, mae gen i dipyn o fusnes i'w setlo.'

Plygodd y ferch ifanc dros geulan y nant fach i godi dŵr, ond cyn iddi wneud tynnodd Tim y stên o'i llaw a phenliniodd ar y borfa a chodi'r dŵr yn ei lle.

'Diolch, Tim,' meddai, gan wenu'n feddal arno. Wrth roi dolen y stên yn eil law cyffyrddodd eu dwylo â'i gilydd ac am foment hir edrychodd y naill i fyw llygaid y llall. Yna roedd y ferch wedi troi i ffwrdd a chychwyn yn ôl dros y comin tuag at y carafannau. Gwyliodd Tim hi'n mynd yn osgeiddig rhwng y twmpathau eithin.

Unwaith eto roedd hi wedi gwneud i'w galon guro'n gyflymach. Ysgydwodd ei ben ac aeth i fyny'r llwybr ar ei hôl a'i fwced llawn yn ei law.

Roedd hi wedi cyrraedd hyd at garafán Seci Wood erbyn hynny. Yna gwelodd Tim hi'n troi, a'i throed ar ris y garafán, ac yn codi ei llaw arno.

Gwelodd hi wedyn cyn cychwyn ar ei daith. Pan oedd y garafán yn mynd am y ffordd fawr roedd hi'n sefyll o'i flaen yn sydyn ar borfa'r comin.

'Mae Seci'n dweud y bydd e lan tua Sir Aberteifi'r haf 'ma – tua Aberystwyth, ffor'na. Mae e'n dweud bod llawer o arian i'w gael ffor'na – oddi wrth ymwelwyr . . . fyddi di'n debyg o fynd lan ffor'na?'

Stopiodd Tim mo'r garafán. Roedd e'n eistedd ar y siafft a'r awenau yn un llaw a'i chwip yn y llall. Ond wrth fynd heibio i'r ferch fe ddywedodd, gan wenu i lawr arni,

'Mae'n bosib, ydy, mae'n ddigon posib. Iyp, Deisi, Iyp!'

Roedd hi'n ddau o'r gloch y prynhawn pan dynnodd Tim y garafán i mewn i'r man bach hwnnw ar ymyl yr afon lle roedd ei dad-cu, yr hen Alff Boswel, wedi marw, a lle roedd y gaseg, yr un noson ofnadwy, wedi bwrw ebol newydd.

Doedd yr un garafán sipsiwn arall ar y comin bach y prynhawn hwnnw ac am unwaith roedd Tim yn teimlo'n falch o hynny.

Wrth dynnu'r gaseg yn rhydd o'r garafán a'i gollwng i bori, dechreuodd yr atgofion lifo'n ôl. Cofiodd fel roedd e wedi ceisio deffro'r hen ŵr a oedd yn gorwedd mor llonydd o dan y flanced garpiog, a chofiodd yn fyw iawn yr olwg ar ei wyneb hen pan edrychodd arno o'r diwedd. Cofiodd am y tân mawr a losgodd y garafán a chorff yr hen ŵr. Erbyn hyn roedd e'n ddigon hen i wybod na allai'r corff fod wedi llosgi'n llwyr. Rhaid bod yr esgyrn ar ôl. Beth oedd wedi digwydd i'r rheini, tybed? A oedd yr heddlu'n debyg o fod ar ei ôl o hyd? Yna neidiodd ei feddwl 'nôl at ferch hardd Dôl Nant a welodd yn y ffair.

Ar ôl tynnu'r gaseg yn rhydd aeth y tu ôl i'r garafán i dynnu'r merlyn bach, blewog, a oedd yn tynnu'r droli, yn rhydd hefyd. Cyn hir roedd hwnnw'n pori yn ymyl y gaseg. Edrychodd ar y milgi llwyd a oedd wedi'i glymu o dan y garafán. Na, gallai hwnnw aros man lle roedd, meddyliodd. Pe bai'n cael mynd yn rhydd, efallai mai yn Sir Gaerfyrddin y byddai'n stopio!

Wedyn aeth ati i chwilio am goed sych i gychwyn tan arall.

Meri Ifans welodd y droli fach yn dod i lawr y lôn am y tŷ. Roedd hi'n glanhau'r llofft pan glywodd sŵn olwynion a charnau ceffyl. Aeth i'r ffenest agored a gweld golygfa go ryfedd. Ar ben blaen y droli, a'i goesau'n hongian tua'r llawr, roedd sipsi ifanc a'i wyneb yn frown a mwffler lliwgar am ei wddf. Ac yn eistedd ar ganol y droli, fel iâr yn gori, roedd hen wraig yn ei du i gyd. Ar ei phen roedd anferth o het fawr, ddu, ac roedd hi'n edrych fel pe bai'n perthyn i oes y Frenhines Fictoria.

Sipsiwn!

Gwelodd Mrs Ifans ei gŵr a Gwilym yn dod allan o'r beudy. Roedden nhw hefyd wedi clywed sŵn y cart a'r ceffyl.

Stopiodd y droli fach ar ganol y clos a neidiodd y sipsi'n ysgafn i'r llawr.

'Tim!' gwaeddodd Gwilym. 'Tim yw e!'

Tim! Doedd bosib, meddai Mrs Ifans wrthi'i hun, mai Tim oedd hwn, er bod Megan wedi dweud ar ôl dod adref o'r ffair, ei fod e'n dod. Ond roedd e wedi tyfu cymaint!

Rhuthrodd i lawr y grisiau i'r llawr.

'Beth sy, Mam?' gofynnodd Megan, a oedd yn dod allan o'r gegin ar y pryd.

'Tim! Mae Tim Boswel wedi dod.'

Pan gyrhaeddodd Mrs Ifans y drws roedd yr hen wraig yn dringo'n drafferthus i lawr o'r droli.

'Tim!' gwaeddodd Mrs Ifans. 'Ry'ch chi wedi dod o'r diwedd!'

'Wel, wel, Tim,' meddai Tom Ifans a oedd wedi croesi'r clos atyn nhw erbyn hyn, 'ro'n ni'n dechre meddwl na welen ni byth mohonoch chi 'to, fachgen.'

'Shw' mae, Tim,' meddai'r cochyn gan wenu.

Edrychodd Tim a'i hen fodryb yn syn wrth glywed yr holl gyfarchion hyn. Yna gwelodd y llanc Megan yn sefyll ar ben y drws. Roedd ffedog fach, dwt amdani, gan ei bod wedi bod yn gweithio yn y gegin. O gwmpas ei hwyneb tlws roedd ei gwallt melyn yn rhydd, a chofiodd Tim y nifer o weithiau roedd e wedi meddwl am yr union wyneb yma pan oedd i ffwrdd yn Glasgow.

'Dewch i'r tŷ i gael te gyda ni,' meddai Mrs Ifans.

'Na,' meddai Tim, a'i lais yn siarp ac yn uchel – yn ddigon uchel i Megan ei glywed o'r drws. Ar ôl i'r 'Na' yna syrthio fel ergyd, doedd neb yn gwybod yn iawn beth i'w ddweud nesa.

'Rwy wedi dod i mofyn yr ebol,' nododd Tim o'r diwedd.

Edrychodd Tom Ifans ar ei wraig, yna draw at y drws lle roedd Megan yn sefyll.

'Ie, wrth gwrs,' meddai.

Yna daeth rhyw sŵn o'r drws a throdd pawb eu pen. Roedd Megan wedi codi'i dwylo at ei hwyneb a rhedeg 'nôl i'r tŷ. Ai crio roedd hi? gofynnodd Tim iddo'i hunan. Yna eglurodd Tom Ifans.

'Y . . . mae Megan 'ma wedi cymryd at yr ebol yn arw iawn, Tim. Mae hi'n treulio orie gydag e . . . ac fe fydd hi'n hiraethu ar 'i ôl e . . . er bod 'i mam a finne wedi'i rhybuddio hi y byddech chi'n siŵr o ddod i fynd ag e . . . gyda llaw . . . y . . . fyddech chi'n barod i'w werthu e – er cofiwch, fedra i ddim rhoi'i werth e i chi.' Distawrwydd eto ar y clos. Edrychodd yr hen wraig ar Tim.

'Ble mae e?' gofynnodd Tim.

'Mae e lawr yn y cae dan y clos fan hyn. Garech chi'i weld e nawr?'

'Ie,' meddai Tim.

Aeth Tom Ifans, Gwilym a Tim ar draws y clos. Roedd y ceffyl yn y glwyd yn eu disgwyl. Agorodd Tim ei lygaid led y pen. Beth oedd hwn? Doedd e erioed wedi meddwl y byddai'r ebol bach hwnnw gynt yn dod yn geffyl fel hwn! Ai mab yr hen gaseg oedd e? Doedd bosib! Roedd e'n uwch ac yn fwy lluniaidd o dipyn, er bod honno'n greadur digon arbennig. Ond hwn! Sylweddolodd Tim mai ceffyl gwŷr bonheddig oedd hwn . . . roedd o frid uchel. Ac eto sut allai hynny fod?

Aeth yn nes at yr ebol perffaith. Cododd ei law at ei drwyn melfed, ond tynnodd y creadur ei ben yn ôl yn wyllt oddi wrtho.

'Mae e wedi tyfu'n geffyl ifanc, pert on'd yw e?' meddai Tom Ifans.

'Ydy,' atebodd Tim, 'mae hwn yn werth arian mowr, Mr Ifans.'

Ysgydwodd Tom Ifans ei ben. 'Mae'n debyg wir, Tim – mwy o arian na alla 'i fforddio o dipyn. Ond rown i'n meddwl 'i ga'l e dipyn yn rhatach gan mai ni magodd e . . .'

Gwelodd lygaid gleision Tim yn edrych arno, ac fe stopiodd.

'Faint oeddech chi'n barod i gynnig amdano fe, Mr Ifans?' gofynnodd Tim.

'Rwy'n mynd i gynnig y swm y galla i 'i fforddio, Tim, ac rwy'n gwneud hynny er mwyn Megan, am 'i bod hi'n caru'r ebol cymaint. Pum punt ar hugain.'

Roedd y sipsi ar fin dweud wrtho nad oedd hynny ddim hanner na chwarter digon am y fath anifail, pan glywodd yr ebol yn gweryru'n isel, ac yna'n rhuthro'n ôl at y glwyd. Trodd Tim ei ben a gweld bod Megan wedi dod i lawr atyn nhw. Doedd e ddim wedi clywed sŵn ei throed, ond roedd clust yr ebol yn feinach! Roedd e wedi'i chlywed a'i hadnabod!

Pwysodd ei ben dros y glwyd ac aeth Megan ato. Gweryrodd yr ebol yn fodlon eto pan gydiodd hi yn ei ben lluniaidd a phwyso'i boch yn erbyn ei drwyn. 'Y . . . rhaid i fi gael amser i feddwl am y cynnig 'na, Mr Ifans,' meddai Tim.

'Wrth gwrs, Tim, fe gawn ni drafod y mater fory – does dim brys. Beth bynnag, mae gyda ni bethe pwysicach i'w trafod gyda chi nawr. Dewch i'r tŷ.'

166

Pennod 18

Eisteddodd teulu Dôl Nant a'r hen wraig a Tim yng nghegin fawr y ffermdy. Roedd Mrs Ifans wedi mynnu gwneud te ac nawr roedden nhw i gyd yn yfed a rhyw swildod anesmwyth wedi disgyn dros bawb. Edrychodd yr hen wraig o gwmpas y gegin a'i llygaid yn gwibio i bob twll a chornel fel llygod bach. Edrych ar ei gwpan roedd Tim, ond ambell waith hefyd byddai'n taflu llygad ar Megan, ac unwaith fe ddaliodd hi e'n gwneud hynny, ac am foment hir buodd y ddau'n edrych i lygaid ei gilydd.

Roedd yr hen wraig newydd fod yn adrodd ei stori drist am farwolaeth Duncan wrth Meri Ifans, gan awgrymu'i bod hi nawr yn dlawd iawn, ac os oedd gan Mrs Ifans ryw hen ddillad wedi'u bwrw heibio . . . Doedd yr hen Edith, fel sipsi dda, ddim yn mynd i adael i'r cyfle yma i fegian tipyn fynd heibio heb wneud yn fawr ohono.

'Nawr 'te, mi a' i i mofyn y waled i chi, Tim,' meddai Mrs Ifans, gan godi ar ei thraed a mynd o'r gegin.

'Mae gen i rywbeth i Megan hefyd,' meddai Tim gan edrych ar Tom Ifans yn unig.

'O, a beth yw hwnnw, Tim?' gofynnodd Tom Ifans braidd yn syn.

Yn lle ateb, cododd Tim a mynd allan i'r cart. Daeth 'nôl ar unwaith a pharsel bach wedi'i lapio, mewn papur llwyd. Cynigiodd e i Megan.

'Beth yw e?' gofynnodd yr eneth, heb estyn llaw i'w dderbyn.

Agorodd Tim y parsel. Dilledyn o ryw fath oedd ynddo – un coch.

'Eich siwmper chi,' meddai Tim. 'Fe glywes i chi'n gweiddi ar y sarjiant pan o'n i'n rhedeg lan y lôn ddwy flynedd 'nôl 'mod i wedi dwyn eich siwmper chi. Rhag ofn eich bod chi'n credu o hyd mai 'i dwyn hi wnes i . . . rwy wedi'i chadw hi . . .'
Gwelodd Megan yn gwrido a stopiodd.

'O, mae'n ddrwg gen i,' meddai'r ferch. Cododd Tim ei aeliau. Megan yn dweud ei bod yn ddrwg ganddi! Roedd hi'n teimlo fel gwenu, ond wnaeth hi ddim.

'Fe ddwedodd Mam wrtha i wedyn . . .' esboniodd Megan. Estynnodd Tim y siwmper goch iddi eto. Ysgydwodd hithau ei phen.

'Chi piau hi – mae Mam wedi'i rhoi hi i chi . . .' Unwaith eto roedd hi'n gwrido'n goch.

Yna daeth Meri Ifans i mewn a'r hen waled yn ei llaw. Estynnodd hi i'w gŵr.

'Dwedwch chi'r cwbwl wrtho fe, Tom,' meddai.

Yna, a phawb yn ddistaw ac yn gwrando'n astud ar bob gair, fe adroddodd Tom Ifans yr holl hanes

– am y ditectif rhyfedd hwnnw oedd wedi galw, ac am Mrs Ifans o'r diwedd yn mentro agor yr amlen bwysig ac yn dod o hyd i'r tystysgrifau oedd yn profi bod Tim Boswel yn fab i etifedd plas Bryn Brain yn Sir Benfro. Dywedodd fod y dystysgrif priodas a'r dystysgrif geni yn profi hynny heb unrhyw amheuaeth o gwbwl. Soniodd fel roedd Walter Phillips, unig fab Bryn Brain, wedi'i ladd yn y rhyfel, ac adroddodd yr hanes am fam Tim yn galw yn y plas i geisio gweld y Cyrnol Phillips ac fel roedd hwnnw wedi gwrthod gadael iddi ddod i'r tŷ ond wedi'i gwylio drwy'r ffenest.

Wedyn soniodd am ei ymweliad e a Meri Ifans â phlas Bryn Brain ac fel roedd yr hen ŵr bonheddig wedi dod i Ddôl Nant yn 'i Rolls Royce mawr i holi rhagor o hanes ei ŵyr, Tim Boswel, ac wedi sôn ei fod yn ystyried newid ei ewyllys a gwneud Tim yn etifedd iddo, yn lle mab 'i chwaer, rhyw ddyn ifanc o'r enw Rodney Langdon. Ac i orffen dywedodd ei fod wedi addo ffonio'r hen Gyrnol Phillips ar unwaith pan fyddai Tim yn dod 'nôl.

'Ac rwy'n mynd i neud hynny prynhawn 'ma!' meddai Tom Ifans, gan wenu ar Tim.

Roedd hwnnw mewn stwmp yn ei gadair. Roedd yr hanes a adroddodd Tom Ifans mor rhyfedd ac wedi dod mor sydyn a dirybudd fel na allai Tim feddwl yn glir o gwbwl. Beth oedd hyn oll yn ei olygu? Pa wahaniaeth oedd y newyddion yn mynd i'w wneud iddo? Roedd e'n gwybod o'r

diwedd pwy oedd ei dad – gŵr bonheddig o Sir
Benfro a oedd wedi'i ladd yn y rhyfel – ond doedd
e ddim yn teimlo fymryn yn wahanol ar ôl cael y
wybodaeth yma – Tim Boswel, y sipsi, oedd e o
hyd.

Ond roedd Mr Ifans wedi sôn am ewyllys! A
oedd hyn yn golygu bod yr hen gyrnol yn mynd
i adael ei blas a'i dir a'i arian i gyd i Tim? Oedd,
roedd Mr Ifans wedi hanner awgrymu hynny. Ond
beth fyddai e – Tim Boswel, y sipsi – yn gwneud â
phlas mawr yn Sir Benfro?

'Dyna chi, Tim,' meddai Meri Ifans, 'dyna chi
wedi ca'l yr hanes i gyd. Dwi ddim yn gwybod
a wnes i'n iawn i agor yr amlen . . . ond rwy'n
meddwl do fe, oherwydd nawr ry'ch chi'n gwbod
pwy y'ch chi a . . .'

'Pwy ydw i?' Torrodd Tim ar ei thraws.

'Wel, ie, Tim,' meddai Mrs Ifans wedyn, 'ac os
ydy'r Cyrnol Phillips yn mynd i newid 'i ewyllys,
meddyliwch am y gwahaniaeth mae hynny'n mynd
i'w neud i chi! Fe fyddwch chi'n ŵr bonheddig
uwchben eich digon, Tim!' Gwenodd Meri Ifans
yn dirion arno. Yn dawel bach roedd hi'n teimlo
cryn falchder mai hi oedd wedi dod â'r holl
ffeithiau i'r golau – y ffeithiau oedd yn mynd i
wneud Tim Boswel yn ŵr bonheddig cyfoethog –
dim ond iddo gael siwt newydd, a bath, falle . . .
cyn bod yr hen gyrnol yn dod . . .

Roedd yr hen Edith wedi bod yn gwrando

170

mor astud â neb ar y stori oedd gan Tom Ifans i'w hadrodd. Wel, wel, meddyliodd, roedd Sara Boswel wedi'i gwneud hi! Roedd hi ei hunan wedi priodi teiliwr ond roedd Sara wedi cael mab y plas! Ond roedd pethau rhyfedd fel yna'n digwydd amser rhyfel, meddyliodd. Allai hithau chwaith ddim amgyffred y gwahaniaeth roedd y newyddion hyn yn mynd i wneud i fywyd Tim, a thrwyddo e i'w bywyd hithau.

'Fe fyddwch chi'n aros ar y comin heno, wrth gwrs?' meddai Tom Ifans.

'Ro'n i wedi meddwl . . .' atebodd Tim.

'Wrth gwrs,' meddai Tom Ifans, 'mwy na thebyg y bydd eich tad-cu – y Cyrnol Phillips – yn dod ar unwaith . . . ar ôl ca'l y neges gen i heno . . .'

Ei 'dad-cu'? Roedd yr unig dad-cu roedd Tim yn gwybod amdano wedi marw ar y comin ar lan yr afon ddwy flynedd yn ôl.

'Fe gewch chi gysgu gyda ni, Tim, os licwch chi,' meddai Mrs Ifans.

(Dim cynnig i'r hen wraig! Yn dawel bach roedd aroglau mwg tân coed ac aroglau tybaco ar ddillad honno wedi mynd o gwmpas cegin lân Dôl Nant ac ypsetio tipyn ar Mrs Ifans.)

'Dim diolch,' meddai Tim gan godi ar ei draed. Nawr roedd yn awyddus i fynd oddi yno. Roedd e eisiau cyfle i feddwl yn hir ac yn dawel wrtho'i hunan am yr holl bethau roedd e wedi'u clywed.

'O'r gore, os oes well gyda chi'r garafán . . . y . . .

dyma'r waled 'nôl i chi, Tim. Chi pia hi nawr. Gofalwch amdani, cofiwch, waeth mae 'na bapure pwysig gyda chi fan'na,' meddai Tom Ifans.

Yna roedd Tim a'r hen wraig wedi dringo eto i ben y droli ac roedd y cochyn wedi mynd gyda nhw i fyny hyd hanner y lôn a'i law ar ymyl y cart bach.

Fe gyrhaeddodd y Cyrnol Phillips, Bryn Brain, glos Dôl Nant yn ei Rolls Royce mawr, llwyd, yn union am ddeg o'r gloch y bore wedyn. Ar unwaith roedd yr hen ŵr bonheddig yn ddiamynedd eisiau gweld ei ŵyr. Eglurodd Tom Ifans wrtho y byddai yn ei garafán ar y comin bach gerllaw'r afon. Yna roedd y cyrnol ar bigau'r drain eisiau mynd yno. Aeth Tom a Meri Ifans gydag e yn y car mawr heb wastraffu rhagor o amser. Doedd Meri Ifans erioed wedi bod mewn Rolls Royce o'r blaen. Roedd e'n brofiad rhyfedd iawn. Llithrodd y car i fyny'r lôn yn esmwyth, fel pe na bai un twll na rhigol ynddi o gwbwl. Symudai mor llyfn. Yna roedd e'n llifo'n ddistaw dros y bont. Cyfeiriodd Tom Ifans â'i fys at y darn comin islaw'r bont a throdd y car mawr yn urddasol i lawr gydag ymyl yr afon.

'Ond . . .' meddai Tom Ifans, gan edrych yn syn. 'Meri! Dy'n nhw ddim yma!'

'Ddim yma! Ond fe ddwedodd Tim . . . ' Stopiodd yn sydyn. Beth oedd Tim wedi'i ddweud? Allai hi ddim cofio.

'Ble maen nhw, Mr Ifans?' gofynnodd yr hen wr bonheddig yn gecrus.

Agorodd Tom Ifans ddrws y car mawr a cherdded i gyfeiriad y comin. Roedd ôl olwynion y garafán yn ffres yn y borfa. Fan draw gallai weld rhyw ddilledyn coch yn cael ei chwythu gan y gwynt. Mewn man arall yn ymyl yr afon, hen esgid wedi hen ddadfeilio. Dim byd arall ond olion tân ar lawr y comin, nad oedd bellach yn ddim ond pentwr o ludw. Aeth Tom Ifans at y pentwr llwyd. Gosododd ei law yn y lludw; roedd e'n gynnes o hyd. Aeth draw at y dilledyn coch. Hen siwmper plentyn.

Aeth 'nôl wedyn i'r car i ddweud wrth yr hen wr fod ei wyr wedi troi ei gefn ar fywyd moethus ei dad a thad ei dad, ac wedi dewis dilyn pobol ei fam a'r hen Alff Boswel o gomin i gomin, o bentre i bentre ac o sir i sir.

Ar ôl deall beth oedd wedi digwydd, yn lle ffrwydro, myfyriodd yr hen wr yn ddistaw am amser hir yn ei sedd yn y car mawr. Yna gofynnodd yn sydyn i Tom Ifans,

'Fyddwch chi'n darllen barddoniaeth ambell dro, Mr Ifans?'

Edrychodd Tom Ifans yn syn arno.

'Wel . . . bydda, weithie, syr, ond . . . wel . . . mae Meri . . . Mrs Ifans 'ma yn cymryd mwy o ddiddordeb na fi . . . a dweud y gwir, on'd y'ch chi, Meri?'

'A!' meddai'r dyn bach yn feddylgar eto. 'Beth oedd enw'r bardd 'na fuodd farw ryw saith mlynedd 'nôl . . . ganodd gân am sipsiwn, dwedwch?'

'Eifion Wyn?' awgrymodd Meri Ifans.

'Ie, dyna fe. Sut oedd e'n dweud, y'ch chi'n cofio? Rhywbeth fel hyn . . .

> "Ond heddiw pwy ŵyr ei hynt?
> Nid oes dim ond deufaen du
> A dyrnaid o laswawr lwch
> Ac arogl mwg lle bu."

Rwy'n cofio'r pennill yna. Rwy'n meddwl mai fel'na mae e'n mynd. Y'ch chi'n gyfarwydd â'r penillion 'na, Mrs Ifans?'

'Ydw. Rwy wedi'u dysgu nhw ar 'y nghof rywbryd.'

'Fedrwch chi adrodd rhagor wrtha i nawr?'

Ysgydwodd Mrs Ifans ei phen, ond dywedodd ddarn o bennill serch hynny.

> '"Nid oes iddo ddewis fro,
> A melys i hwn yw byw,
> Crwydro am oes lle y mynno ei hun
> A marw lle mynno Duw."'

Gwelodd ben yr hen ŵr yn mynd i fyny ac i lawr fel pendil cloc.

'Diolch i chi, madam, diolch yn fawr . . .

"A melys i hwn yw byw,
Crwydro am oes lle y mynno ei hun . . .
A marw . . . lle mynno Duw."'

Doedd ei lais yn ddim mwy na sibrwd wrth
iddo ddod i ddiwedd y pennill. Roedd y llygaid
glas, glas, wedi cau. Yna, gan eu hagor yn sydyn,
dywedodd mewn llais crynedig,

'Pwy sydd i ddweud nad yw'r bachgen wedi
dewis yn ddoeth wedi'r cyfan?'

Gwelodd Meri Ifans wlithyn gloyw yng
nghornel llygad yr hen ŵr, a dywedodd,

'O, fe ddaw'n ôl 'to, rwy'n siŵr.'

'Daw, wrth gwrs,' meddai ei gŵr, 'mae'r ebol
gyda ni o hyd.'

Ysgydwodd yr hen ŵr ei ben. Yna gwnaeth
arwydd ar y chauffeur, a chychwynnodd y car
mawr ar ei ffordd 'nôl dros y bont i gyfeiriad Dôl
Nant.

Fe ddaeth Tim Boswel yn ei ôl hefyd; ond stori
arall – i'w hadrodd rywbryd eto – yw honno.

Mwy o nofelau T. Llew Jones

www.gomer.co.uk